LE MAS DES TERRES ROUGES

DU MÊME AUTEUR

Le Berger d'ombres, contes (Luneau Ascot, 1980).
Le Festin des mouettes, nouvelles (Arcantère, 1989).
Le Jardin d'argile, roman (Le Cherche-Midi, 1997), Prix Antigone.
Le Crime des hautes mers, roman (Presses de la Cité, 2001).
La Fiancée du santonnier, roman (Presses de la Cité, 2002).
Le Maître des roseaux, roman (Presses de la Cité, 2003).
Marion des salins, roman (Presses de la Cité, 2005).

OUVRAGES SUR LA PROVENCE

Les Alpilles, bibliophilie, avec seize lithographies de Jean-Claude Quilici (Les Editions européennes du Prado, 1991).
Marseille aux cent visages, photographies de Pedro Hernandez (Du Perron, 1992).
Le Cabanon, photographies de Camille Moirenc (Jeanne Laffitte, 1994).
Gens de Provence, anthologie (Omnibus, 1997).
Marseille vous souhaite la bienvenue, photographies de Christian Crès (EEMP, 1998).
Provence, (EEMP, 1999).
La Crèche et les santons de Provence (Aubanel-La Martinière, 2000).

POÉSIE

Chasseur de mémoire (Le Cherche-Midi, 2001).
Jardins ou peut-être jardin (Alain Benoît, 2003).
Le Manteau de Circé (Le Taillis Pré, 2003).

MONOGRAPHIE

Briata (Edisud, 2002).

Grand Prix littéraire de Provence 1994 pour l'ensemble de l'œuvre.

Jean-Max Tixier

LE MAS DES TERRES ROUGES

Roman

Production Jeannine Balland
Romans Terres de France

PRESSES DE LA CITÉ

ISBN 2-258-06785-5

PREMIÈRE PARTIE

Les halles Delacroix

1

Une longue traînée de sang borde la lisière sud du Luberon. Le sang imprègne cette terre depuis des millénaires. Il la façonne et lui confère un aspect irréel d'où vient son pittoresque. Il s'en dégage une impression étrange, comme si on traversait des paysages d'une autre planète. On découvre, avec une admiration mêlée d'inquiétude, une terre solaire dont la lumière intérieure affronte en permanence celle du soleil. L'homme y est pris entre deux feux ou deux folies, celle qui tombe du ciel, celle qui monte du sol. Il doit se débrouiller pour trouver son équilibre et le sauvegarder.

Ces épaisseurs d'ocre stratifiées, ces vagues pétrifiées dans leur jaillissement ne sont pas naturelles, pense-t-on. On cherche à leur insolite présence des explications hasardeuses enfouies dans le lointain passé, dans les couches mythologiques, au-delà peut-être, dans les temps originels peuplés de monstres inimaginables dont le souvenir hante encore la région.

La cause pourrait en être le sang répandu par l'un de ces fameux géants, êtres mythiques, qui serait mort là, à l'issue d'horribles combats et dont les traces demeureraient sous nos yeux, presque intactes.

Vers 1930, ce sang desséché par l'histoire faisait encore la fortune du pays. La précieuse poudre extraite du sol, réputée dans toute la Provence, fournissait aux maçons, après affinage, un crépi d'une qualité incomparable. Les maisons devaient à ce produit leur physionomie typique. Les villages ressemblaient à des palettes de couleurs chantant dans la lumière.

La splendeur et l'originalité des paysages attiraient de plus en plus de visiteurs sensibles au pittoresque, à la couleur locale. Leur venue favorisait la bonne marche des affaires. Les villageois, tout en critiquant les « étrangers », jugés importuns, en tiraient une relative prospérité. Ils auraient voulu conserver les revenus du tourisme naissant sans pâtir des nuisances. L'un n'allait pas sans les autres. L'automobile était en plein essor. Les communications se développaient. Le mouvement s'avérait irréversible. Il deviendrait bientôt irréalisable de vivre replié sur soi.

De ce point de vue, le Luberon ne manquait pas d'avantages. Son heure de gloire n'avait pourtant pas encore sonné. Il faudrait attendre plusieurs décennies pour que les gens du Nord, des Parisiens, des étrangers, découvrent sa souveraine beauté et cèdent à ses attraits. Ils achèteraient alors tout ce qui serait à vendre et s'installeraient durablement au pays.

L'espace de la campagne d'Apt, jalonné par Rustrel, Saint-Saturnin, Roussillon, Gargas, Saint-Martin-de-Castillon, constituait une enclave distincte dans cette partie du Vaucluse. Elle englobait les symphonies polychromes des carrières d'ocre et le site extraordinaire nommé, non sans exagération, le « Colorado provençal ». Le chauvinisme atteint quelquefois à la démesure.

On retrouvait néanmoins là, à une échelle réduite, les panoramas fascinants de cette région des Etats-Unis popularisée par les westerns. Il ne manquait que les Indiens et les tuniques bleues pour parfaire l'illusion. Les braves paysans provençaux, avec leur feutre vissé sur le crâne pour se protéger du cagnard, leur fil de cuir noué en lavallière autour du cou, leur pantalon de velours côtelé, n'avaient pourtant rien d'héroïque. Ils maintenaient plutôt les postures romaines des travaux des champs, une simplicité agreste, une rusticité tempérée par l'amour païen de la vie.

Le mas des Terres Rouges tirait son nom de cet environnement exceptionnel. Sa large façade enduite de rouge foncé tranchait sur le vert de la végétation environnante composée principalement de pins, d'oliviers, de micocouliers. Sans doute devait-il aussi son renom à la coloration politique de ses premiers habitants, des gens de gauche pas fréquentables, des communistes ! Les anciens leur reprochaient d'avoir apporté la mauvaise graine.

Ah ! ils ne s'étaient pas fait que des amis. Ici, on

voyait les changements d'un mauvais œil, alors, vous pensez, la révolution ! Le Grand Jour ! Personne n'en voulait, ni qu'on modifiât quoi que ce soit aux traditions et aux modes de vie ancestraux, fût-ce au nom de Lénine et de ses sbires dont le bruit des exploits parvenait jusqu'ici sans inspirer personne.

Les choses avaient heureusement évolué après la mort des fondateurs, au moment de la prise de pouvoir des héritiers. Ceux-ci nourrissaient d'autres ambitions. Ils ne perdaient pas leur temps avec la politique. Ils avaient su négocier au bon moment le virage nécessaire pour affronter l'avenir. Renier leurs ancêtres ne les gênait pas : évoquer leur souvenir sentait trop le soufre.

Les nouveaux venus étaient des réalistes, des pragmatiques. On sait ce que cela signifie. Ils s'efforçaient d'effacer de leur passé la tache rouge infamante. Le sang dont la terre s'était gorgée durant des siècles, ils savaient comment le récupérer à leur profit en le faisant suer par les pores de leurs ouvriers.

Des bifurcations radicales interviennent quelquefois dans une lignée. Elles en changent le cours. On s'étonne d'apprendre ce qui constitue le passé des nouvelles générations tant celles-ci diffèrent des anciennes. Plus rien de commun ne les relie à leurs ascendants, sinon le patronyme, quand il ne se perd pas en route, au hasard des mariages, lesquels relèvent parfois davantage de l'intérêt que de l'amour.

Tel était le cas de la famille Sigean dont le dernier surgeon, Raymond Auguste Pamphile, régnait sur un imposant domaine composé d'une carrière d'ocre, d'une exploitation agricole florissante, d'un troupeau de moutons, confié au berger Bastide, et de quelques biens immobiliers répartis dans les villages voisins. Il gérait tout cela de main de maître, avec un sens inné du négoce. Il restait attaché à ses origines paysannes mais, sous la pression des événements, il était devenu homme d'affaires.

Sigean se montrait dur au travail mais juste envers ses ouvriers et ses employés. Non par bonté d'âme mais parce qu'il estimait ce comportement plus efficace, plus rentable. Il n'y avait rien à redire : lui-même ne se ménageait pas. Il se dévouait entièrement au domaine, qui constituait sa principale occupation. Sa prospérité représentait le but principal de sa vie. On le croisait sur les routes et les chemins du canton, en toutes saisons, toujours affairé, ayant l'œil à tout. On se demandait quel diable le poussait ainsi alors qu'il aurait pu se contenter de ses revenus pour vivre paisiblement.

Raymond Sigean était un quadragénaire carré, solide, de complexion sanguine. Un homme de six pieds de haut, au crâne arrondi planté d'une tignasse drue, d'un noir entrelardé de fils gris. Il avait des sourcils épais, le nez droit, la bouche large, la mâchoire forte. Le vert tendre de ses yeux adoucissait cette physionomie rustaude non dépourvue de charme.

Malgré sa fortune, l'homme ne se signalait ni par son élégance vestimentaire ni par son train de vie.

L'apparence ne comptait guère. Il se contentait du nécessaire, ne jetait les habits qu'une fois usés jusqu'à la corde, se méfiait du superflu, rechignait à la dépense. Raymond Sigean était un homme de la terre et s'en trouvait fort bien. Ayant fait le plein de ses ambitions, il n'envisageait pas d'autre vie que celle qu'il menait.

Que demander de plus ? Il était riche, estimé, en bonne santé. Ses concitoyens le considéraient comme un notable, surtout depuis qu'il siégeait au conseil général, sur les bancs de la droite. On s'inclinait sur son passage en lui donnant du « *maistre* Sigean », à la mode provençale. Il répondait d'un sourire un peu condescendant. Les politesses des petites gens flattaient sa vanité.

Il appartenait à cette catégorie rare d'hommes à poigne capables de tenir un département. Sa force de caractère suppléait son manque d'instruction. Malgré cela, il ne visait pas une carrière. Il avait été élu pour ainsi dire malgré lui. La tête de liste étant un de ses amis, on lui avait forcé la main. Il n'était pas très assidu aux grands-messes du conseil général où les notables de province se donnaient le spectacle.

L'ombre au tableau venait de sa vie sentimentale. Il avait été marié à une fille du pays, Lucienne Cabasson. Las ! le curé de Roussillon venait à peine de célébrer leurs noces que résonnait le tocsin annonçant la guerre de 14. Le son lugubre des cloches se propageait à l'infini à travers la campagne, d'église en église. Comme une traînée de poudre, disaient les pacifistes.

Au même moment, toute la France tirait à l'unisson sur la corde. Elle la tirait avec tant de joie que le tocsin ressemblait au carillon annonçant quelque bonne nouvelle. La même exaltation enivrait les patriotes, gonflait leur cœur. Le bruit du sang vif dans les veines couvrait celui des canons à venir.

Les hommes, ignorant encore que la guerre les transformerait bientôt en « poilus » promis au massacre, piaffaient d'impatience à l'idée d'en découdre avec les Boches. Des refrains martiaux s'élevaient des poumons de ces gaillards prêts pour la gloire des combats. De quoi galvaniser par contagion les plus timorés. Parbleu ! Ils allaient reconquérir l'Alsace et la Lorraine, laver la honte de Sedan, restaurer la gloire de nos armes ternie par la déculottée de 70. Ils la tenaient enfin, leur revanche ! Avec leurs pantalons garance flottant sur les brodequins cloutés, ils semblaient avoir déjà pataugé dans le sang ennemi.

Raymond n'éprouvait pas la même ardeur que ses camarades. Les bruits de bottes le rendaient soucieux. Non qu'il se rangeât parmi les pacifistes – il les nommait avec mépris « défaitistes » – mais parce que l'événement l'arrachait des bras de Lucienne. Il le condamnait à finir sa nuit de noces sous les drapeaux, à la caserne, dans la promiscuité de troufions braillards, plutôt que dans la chambre nuptiale, sous les draps, avec sa bien-aimée. La mobilisation générale ne leur accorda même pas le temps de se mieux connaître, de s'apprécier, de s'aimer.

Raymond avait vingt-cinq ans, Lucienne dix-neuf. Jamais ils ne caresseraient la douceur des premiers jours d'un jeune couple apprenant à vivre ensemble. Sitôt unis, le destin les séparait. Le devoir les arrachait l'un à l'autre. Ils ne méritaient pas pareille déchirure. Au même instant, des milliers de couples se séparaient aussi, dont beaucoup ne se retrouveraient jamais.

Rien n'arrête l'histoire en marche. Elle ne s'émeut pas des drames soulevés sur son passage. Elle va son train, indifférente. Inutile de se plaindre. Force est de se plier à sa loi d'airain.

Raymond Sigean intégra le 22e régiment d'infanterie stationné à Tarascon. Il troqua sa chemise tournesol, son gilet brodé par les doigts de fée de sa mère, son pantalon de gros drap serré d'une taillole lie-de-vin contre une vareuse bleu sale à boutons argentés, un pantalon rouge, facile à repérer en rase campagne, des brodequins cloutés plus lourds que des sabots. Le fourrier vissa sur son crâne un képi écrasé à large visière et le gratifia d'une pétoire baptisée Lebel. Ainsi harnaché, il n'avait plus qu'à monter en ligne pour casser du Boche et récolter des médailles.

A en croire les déclarations optimistes des généraux, il s'agissait d'une partie de plaisir qui durerait quelques mois. L'affaire serait vite réglée, parce que nous étions les plus forts. Après, chacun rentrerait chez soi, fier du devoir accompli. Nos braves troufions arboraient donc le sourire triomphal et la fleur au fusil. Pour sceau de leur courage, ils conservaient sur la joue la chaude empreinte des baisers de leur femme, fiancée, mère ou maîtresse. Ils emportaient la douceur de ces lèvres en guise de viatique de tendresse et d'amour qui les protégerait.

A part quelques égratignures, Raymond était miraculeusement sorti indemne de l'atroce boucherie. Il avait perdu beaucoup de camarades et toutes ses illusions. A vingt-neuf ans, précocement vieilli, il avait le sentiment d'avoir son avenir derrière lui. Plus rien ne serait comme avant. La guerre avait volé sa jeunesse, son enthousiasme, ses ambitions. Qu'avait-elle donné en échange ? Des larmes, de la douleur, des souvenirs abominables, un désespoir indélébile.

Il retrouva Lucienne avec une joie factice due à la liberté recouvrée, au plaisir de serrer de nouveau dans ses bras un corps de femme. Une autre eût tout aussi bien fait l'affaire. Il comprit que la guerre ne causait pas que des blessures corporelles. Désormais il n'avait plus rien en commun avec Lucienne, excepté des lettres d'amour banales, écrites au front, dans lesquelles il ressassait les mêmes paroles, exprimait des sentiments identiques.

Il les relut plus tard avec consternation. La flamme qui guidait sa main lorsqu'il tournait péniblement ses phrases, assis sur une caisse, dans un coin de tranchée, s'était éteinte. A quoi bon conserver ces feuilles noircies de son écriture ? Il les brûla dans la cheminée. Le papier jaunissait sous l'effet de la chaleur, s'enflammait brusquement. Il le regarda se tordre sous la langue de feu, se carboniser jusqu'à être réduit à un peu de cendres légères, semblables à de la farine noire.

Raymond s'était pourtant préparé à ces retrouvailles. En avait-il rêvé ! En quatre ans, Lucienne et lui n'avaient vécu ensemble que quelques semaines à la faveur de rares permissions, toujours trop courtes, trop espacées, souvent prises à proximité du front, loin des conditions idéales pour s'aimer. Dans les tranchées, sa tête était libre. Il imaginait des choses agréables, il poursuivait des illusions pour contrebalancer l'horreur. Au retour, il encaissa durement le choc de la réalité et ne s'en remit pas. Son couple non plus.

Il ne reconnut pas en Lucienne la fraîche jeune fille épousée quatre ans auparavant. Les années de guerre l'avaient profondément changée, usée. Presque autant que lui. Elle était à présent sèche, sans éclat, un peu bêtasse. Il la regardait avec étonnement, sans plaisir. Comment ai-je pu être aveugle à ce point ? se demandait-il. Il se remémorait pourtant son mariage comme un jour de grande félicité. Il se souvenait du visage radieux de sa jeune épouse, de l'éclat de ses yeux clairs, de son sourire.

Lucienne avait-elle des sentiments semblables à son égard ? Ils évitèrent d'abord le sujet. Mais il était là, entre eux, pareil à un mal qui grossissait, les rongeait, les étouffait. Leurs plaintes s'arrêtaient au bord des lèvres. S'ils prononçaient le moindre mot, une terrible épreuve les emporterait. Ils diraient des choses blessantes. Ni l'un ni l'autre n'avait désormais envie de se battre pour un bonheur qui ne méritait plus son nom.

Ils vécurent pendant une courte période comme si

rien ne s'était passé. La terrible parenthèse n'existait pas. Ils refusaient de voir l'évidence. Ils recommençaient à zéro. Ils s'employèrent maladroitement à ranimer leur amour chancelant. Ils disposaient de trop peu de braises pour réussir. Une courte flamme eût suffi. Ils soufflèrent en vain. Elle ne s'éleva pas.

La guerre ne tue pas seulement pendant les hostilités. Elle tue aussi après, quand on se croit sauf. Elle vous prend alors à revers, par surprise. Les morts occasionnées après coup n'entrent pas dans son macabre décompte, mais elles sont là, avec leur lot de souffrance et de peur. Fragilisée par une profonde dépression, Lucienne contracta la grippe espagnole qui causait des ravages supérieurs à ceux du conflit. Les bacilles liquidèrent la jeune femme en quelques semaines. L'inhumation eut lieu au cimetière de Vernanque où les Sigean possédaient un caveau de famille.

Raymond Sigean se retrouva veuf. Il venait de franchir le cap de la trentaine. Lucienne disparut de sa vie. Pas une fois il n'alla déposer une fleur sur sa tombe.

Le veuvage ne pesa guère sur cet homme solide, peu enclin à la réflexion et aux épanchements. Il s'en remit au bout de quelques mois. Il portait le deuil de Lucienne par convention, histoire de ne choquer personne. Son cœur n'y participait pas. L'amour l'avait déserté. Il n'éprouvait ni peine ni douleur. L'épisode de Lucienne ne marquerait pas son existence d'une empreinte durable. C'était un de ces êtres sans caractère qui disparaissent du monde sans remous. Quelqu'un dont les survivants ne se demandent même pas s'il a pu exister.

Leur vie commune avait duré, chronologiquement, un peu plus de quatre ans. En fait, si l'on décomptait les absences de Raymond, pas plus d'un an. C'était peu. La période la plus longue correspondait à une permission exceptionnelle d'un mois. Juste le temps de surmonter la fatigue et d'oublier les atrocités du front, et Raymond avait dû rejoindre son poste, une tranchée au milieu de l'enfer. Son régiment se trouvait en première ligne.

Raymond se consacra désormais à ses affaires. Le travail compensa les fariboles. Il engagea pour domestique une grosse fille de Graveson, stupide mais honnête et dure à la tâche. Il se reposa sur elle des soins de la maison. Fernande donna satisfaction. Outre le linge et le ménage, elle s'occupait du « manger ». Elle cuisinait à la convenance de son maître des plats simples et roboratifs. Elle en vint à jouir d'une certaine importance. Les gens passaient souvent par son intermédiaire pour accéder à Raymond et obtenir ce qu'ils voulaient.

Fernande était courte sur pattes, enrobée de tous les côtés, avec un visage plat d'Esquimaude. Deux petits yeux porcins s'enfonçaient dans la graisse. Elle ramenait en chignon sous sa coiffe une opulente chevelure d'un noir de corbeau. Un air d'orgueilleuse bêtise émanait de sa personne. Il ne fallait pas s'y fier. Elle n'était pas intelligente mais rusée.

A la longue, Fernande apprenait. Ce qu'elle savait, elle le savait bien. Les responsabilités confiées par son patron développaient en elle un bon sens madré qui la rendait redoutable. Quand elle tenait une chose pour vraie, elle n'en démordait pas. Lourde de corps, lourde d'esprit, lourde de cœur, elle opposait à ses interlocuteurs le poids immense de son inertie.

A près de quarante ans, Fernande ne songeait pas à se marier. Aucun prétendant n'avait d'ailleurs tenté sa chance auprès de ce laideron rébarbatif. Elle appartenait à la catégorie des pauvres filles disgraciées par la nature et condamnées à vie aux tâches les plus humbles et les plus ingrates au service d'autrui. Résignée à son triste sort, elle ne se plaignait pas. L'amertume et la rancœur distillaient cependant leur venin dans son cœur et se convertissaient par moments en méchanceté. Surtout quand elle défendait « son territoire ».

Les choses auraient pu continuer en l'état si, par on ne sait quel revirement, Raymond Sigean, las du célibat et inquiet de son avenir de vieux garçon, n'avait soudain songé à reprendre femme. Ce projet, qu'il n'avait confié à personne – pas même au curé Placide –, se concrétisa lors d'un séjour à Marseille.

On trouvait bizarre qu'il se déplace si souvent et longtemps. On conjectura de bonne langue sur les raisons le poussant à voyager. Personne n'osa cependant poser de questions. Qu'allait-il faire dans la métropole phocéenne ? Il n'avait jamais quitté le Luberon, sauf par obligation, pendant la guerre. Rien de plus étranger à ce pur campagnard, de plus nocif sans doute, que l'atmosphère d'une ville cosmopolite, remuante en diable, creuset de tous les vices et toutes les turpitudes. Marseille avait la réputation d'être une ville de perdition.

On interrogea Fernande en vain. Elle refusa de parler. Avouer qu'elle ne savait rien aurait entamé son prestige.

« Monsieur n'a de comptes à rendre à personne, concluait-elle d'un ton aigre. Il est libre de faire ce qu'il veut. Cela ne me regarde pas. »

Les curieux restaient sur leur faim. Jamais Raymond ne s'était autant trouvé au cœur des conversations que pendant son absence. Pendant trois semaines, il ne donna aucune nouvelle. Trois semaines, c'est long. Surtout quand le temps s'écoule avec une lenteur campagnarde. On commençait à s'inquiéter. Pour un peu, on l'aurait porté disparu. Les gendarmes eux-mêmes assuraient ne rien savoir. Aucun motif ne les amenait à enquêter sur la vie d'un honnête citoyen, un notable estimé de tous, utile à la communauté.

Au bout de trois semaines, Raymond Sigean revint au village. Il parut fringant, rajeuni, en pleine santé. Il reprit ses habitudes sans apaiser la curiosité de ses concitoyens. Il l'ignora. Son silence la piqua au-delà du supportable. Les plus impatients commencèrent à inventer. Des bruits, venus d'on ne sait où, coururent. Des hypothèses fantaisistes alimentèrent la rumeur.

Le souffle de la malveillance, attisé par le dépit, gonfla, vira au vent mauvais. De bienveillante, la curiosité devint aigre, méchante, cruelle. Chacun interpréta le silence persistant de Raymond à sa convenance. Il manifestait du mépris, de l'injustice. On l'accusait d'une sorte de trahison. Quelque chose de pas catholique se cachait là-dessous.

Un jour, on finirait bien par savoir, et alors... Alors, quoi ? Chacun ne disposait que de sa langue pour s'attaquer à Raymond. Une arme dérisoire, certes, mais dix, cent, mille langues coalisées, cela devenait consistant et causait du dégât. La sagesse populaire ne dit-elle pas que la langue déplace des montagnes ? Raymond Sigean n'était qu'un homme. La malveillance sapait l'édifice à coups de langue, la meilleure et la pire des choses.

2

La grosse Fernande feignait d'être dans le secret de son maître afin de se faire valoir. En fait, elle ignorait tout des projets et des agissements de Sigean, naturellement avare de confidences. Rien ne filtrait de ses lèvres. Il partait, revenait, repartait sans qu'elle puisse lui extorquer la moindre information. Etre tenue à l'écart, alors qu'elle brûlait de curiosité, la mortifiait. L'attitude de Raymond amoindrissait son importance à ses propres yeux. A l'extérieur, elle reprenait contenance par refus de perdre la face. Mais le cœur n'y était pas.

Fernande régnait sur la maison du maître parce qu'il le voulait et il le voulait parce que c'était son intérêt. Rien de plus. Elle imaginait exercer quelque influence. Elle se trompait lourdement. Raymond ne se souciait ni de ses états d'âme, ni de ses prétentions. Ce n'était pas son affaire. Il n'accordait pas plus d'attention à sa domestique qu'à un meuble. Peut-être moins. La domestique était un meuble capable de se déplacer dans la maison. Voilà tout.

Fernande se tenait à l'affût, en éveil, au cas où elle grappillerait quelques indices. La curiosité était son plus gros défaut. Elle en tirait ses principales délices. Garder un secret, elle ne le pouvait. Sitôt qu'elle captait une indiscrétion, elle la divulguait en l'amplifiant, assaisonnant les faits à sa manière, ajoutant pour corser une bonne dose d'invention. La grosse Fernande se délectait de potins, de confidences, de ragots, de commérages, de perfidies. Elle n'avait pas son pareil pour enrober les mots de fiel, instiller le poison du doute, semer dans les esprits la jalousie, l'envie, la rage dans les cœurs.

Sa foi s'avérait trop tiède pour tempérer son ardeur maligne. Les bienfaits de la pénitence ne valaient pas les plaisirs procurés par la calomnie. Fernande fréquentait l'église sans conviction, se conformant à l'usage par commodité. Habile à donner le change, elle passait à tort pour bonne chrétienne au regard de ses concitoyens. Même le curé Placide n'y voyait que du feu, celui qui venait de l'enfer.

Au demeurant, la grosse Fernande n'accordait aucune confiance au curé. « Il prêche toujours pour sa paroisse », pestait-elle. Aussi ne sacrifiait-elle guère au rite de la confession supposé la guider dans la voie de la repentance. Dans les rares cas où elle s'agenouillait sur la marche du confessionnal, elle gardait par-devers elle ses plus gros péchés et livrait les véniels en pâture au curé Placide, le plus bienveillant des hommes :

« Ma conscience supporte ce fardeau sans dommages. Je m'arrangerai avec Dieu quand il sera temps. »

De quoi se vengeait donc Fernande en agissant sans égard pour son prochain, mue par la volonté opiniâtre de nuire ? De sa laideur, de son enfance sans joie ni tendresse, de la bassesse de sa position sociale, d'une blessure invisible et profonde ? Personne ne s'était jamais hasardé à fouiller les ténèbres de son âme, supposée fruste et naïve. De quoi était fait son passé ? On l'ignorait. Nul ne s'en souciait. A commencer par Raymond, qui ne s'embarrassait pas de ce genre de préoccupations. Il laissait Fernande à sa place. Du moment qu'elle donnait satisfaction, tenait correctement la maison, le reste ne le concernait pas.

Cette indifférence la blessait. Elle la ressentait d'autant plus durement qu'elle se « faisait la chanson » afin de se rehausser à ses propres yeux, de se valoriser auprès des villageois. Elle jouait à l'importante au point d'y croire, de s'abuser de ses propres lubies. La vérité finissait toujours par lui sauter au visage. Elle ravalait son orgueil. Elle s'enfermait dans sa chambre et crevait de dépit. Elle en ressortait les yeux rougis, la tête en feu, plus ferme sur ses assises et plus que jamais enragée.

Les nouveaux agissements de Sigean la prenaient au dépourvu. Comment inventer une histoire crédible à partir d'une trame aussi ténue ? Elle masqua cette ignorance en invoquant la fidélité à son maître. Le souci de le protéger l'empêchait de parler. Son respect imposait le silence. Elle affectait le zèle d'une domestique fidèle, avec assez de finesse pour entretenir le doute. Si elle ne soufflait mot, du moins suggérait-elle. De vagues allusions suffisaient pour enflammer l'imagination d'interlocuteurs prêts à croire n'importe quoi plutôt que de se ronger dans l'ignorance.

Fernande observait des transformations surprenantes chez son patron. Lui, d'ordinaire indifférent à sa tenue, se piquait désormais de coquetterie. Il achetait des vêtements à la mode. Madame Lachenal, l'épouse du médecin, l'avait surpris en train de faire les magasins à Avignon où les commerces vendaient de meilleures marchandises. Jamais Fernande n'avait repassé autant de chemises ni lavé autant de chaussettes et de caleçons.

Il doit y avoir une femme là-dessous, flaira-t-elle. Si ça continue, il va se parfumer ! Pour sûr, il sentira la cocotte.

Auparavant, Sigean se rendait régulièrement à Apt. Il fréquentait une maison close accueillante aux notables de la région. Fernande ne condamnait pas cette pratique. Un homme de son âge, dépourvu d'épouse, devait satisfaire certaines exigences. Quoi de plus normal que de recourir aux amours tarifées ? Des hommes mariés en usaient de même, cherchant auprès des prostituées des plaisirs corsés que leur légitime ne leur procurait pas.

Ainsi roulait le monde. Fernande, qu'aucun soupirant n'avait jamais abordée, conservait sa virginité à un âge où ce supposé « trésor » n'intéressait plus personne. Les garçons ne l'avaient jamais regardée comme une femme, même quand la fraîcheur de la jeunesse pouvait faire illusion. Elle ne connaissait les choses de l'amour qu'indirectement. Elle en avait entendu parler et s'en faisait une vague idée à partir de confidences recueillies çà et là.

Son énorme dépit, sa chasteté forcée – alors que le désir taraudait quelquefois sa graisse –, ses frustrations l'amenaient à jeter le discrédit sur les choses de l'amour dont le mauvais sort l'excluait. Elle nommait « chienneries » les rapports entre les sexes. Néanmoins, à supposer que, par une chance inconcevable, une occasion se présentât, la gaillarde se fût aussitôt mise à quatre pattes sans tergiverser.

Assumer la fonction de « gouvernante » dans une maison de la réputation du mas des Terres Rouges compensait une vie ratée, assignée au bas de l'échelle, sans autre avenir que le service d'autrui. Fernande s'accrochait à cette place comme un noyé à une branche salvatrice. Elle entendait parfois le craquement du bois prêt à céder. L'imperceptible bruit d'une fissure lointaine annonçait une menace. Elle ne sentait plus la prise si solide. Elle tremblait.

La pensée qu'elle pourrait lâcher prise et être emportée par le courant de la vie la plongeait dans la peur. Où trouverait-elle un abri si l'incident se produisait ? Quelle main secourable se tendrait dans sa chute ? Serait-il possible de recommencer ailleurs ? D'oublier les Terres Rouges où elle jouissait d'une forme de bonheur ?

Les fortes mâchoires de Fernande se serraient. Ses poings se crispaient. Elle était fermement décidée à se battre pour défendre son bien, l'os que le destin concédait à sa faim. Au cas où Sigean amènerait une femme au mas – hypothèse envisagée avec appréhension par Fernande –, elle lui mènerait la vie dure. Elle balisait son territoire, et gare à l'importune qui prétendrait l'en chasser !

Pour l'heure, rien ne changeait. Peut-être Fernande s'alarmait-elle inutilement. Que Raymond entretînt une liaison à Marseille n'était pas impossible. Ainsi s'expliqueraient ses fréquentes escapades, sous un jour moins inquiétant. Raymond prenait ses distances avec le village afin d'éviter les complications. Marseille lui permettait de se fondre dans la foule. L'anonymat facilitait les aventures.

Cette semaine-là, Sigean rentra le lundi matin. Une voiture l'attendait en gare d'Avignon. Il considéra sa maison en sifflotant d'un air guilleret. Fernande l'observait à travers les persiennes mi-closes. La couleur de la façade s'était beaucoup altérée à cause des intempéries. Le rouge avait perdu de son éclat. L'enduit se craquelait. Des plaques se détachaient par endroits, découvrant la pierre nue.

Il faut refaire le crépi, décida-t-il.

Il se rendit à la carrière, examina les échantillons de poudre. Il choisit la bonne teinte d'ocre avec l'aide du contremaître, un homme avisé et compétent. Trois jours plus tard, un tombereau déversa un tas de sable rouge devant la maison. Les ouvriers commencèrent à travailler sans tarder. C'étaient des spécialistes. Ils avaient fait ou restauré les façades de la plupart des demeures du canton.

— Je veux que les travaux soient terminés dans une semaine.

— Ce sera fait, promit le maçon.

Fernande interpréta ce remue-ménage comme un funeste présage.

Une tartane manœuvrait à l'entrée du Vieux-Port. Le vent du large la poussait. Ce petit bâtiment, qu'on ne voyait qu'en Méditerranée, se distinguait par son grand mât avec voile sur antenne, et son beaupré. Deux galons soulignaient d'un trait bleu la coque renflée. Cinq silhouettes de marins, occupés à l'accostage, s'activaient à bord. La tartane s'amarra devant la mairie, à proximité de l'emplacement du pittoresque ferry-boat qui assurait la navette d'un quai à l'autre du Lacydon.

Les cris des gabians se mêlaient au crissement des drisses. La ville s'échelonnait le long des pentes des collines blanches, sous un ciel d'un bleu transparent. Immeubles et maisons crêtées de rouge, ébouriffés sous les assauts du vent, se distribuaient en masses inégales de part et d'autres de crevasses et de fissures qui s'enfonçaient et se perdaient dans la masse. A l'extrémité du clocher de Notre-Dame-de-la-Garde, la statue de la Vierge dressait une flamme d'or avivée de soleil. Et cet or se répandait en fine poussière. Des milliards de pointes scintillantes, suspendues dans les airs, donnaient à l'atmosphère sa légèreté. Certains jours, Marseille échappait à la brutalité du soleil dont l'intense lumière taillait sa chair dans le vif. Elle révélait alors une radieuse douceur qui surprenait jusqu'à ses habitants.

Léa emplissait ses yeux de ce spectacle insolite. Née dans cette ville, elle s'y sentait parfaitement bien. Elle n'envisageait pas de la quitter un jour. A l'exemple de la plupart de ses compatriotes, l'exil ne la tentait pas. Le destin conduisait cependant l'attelage. De quoi demain serait-il fait ? Un immense point d'interrogation se dessinait devant elle.

Léa venait de traverser une période très difficile qui l'avait portée au seuil du désespoir. L'instinct vital avait été le plus fort. De quelque côté qu'elle se tournât, l'infortunée se heurtait à un mur. Pas d'issue, pas le moindre rai de lumière pour ranimer un peu d'espoir. Le quotidien s'uniformisait dans la grisaille monotone, les difficultés permanentes pour survivre. La pensée du lendemain engendrait une angoisse sans rémission. De l'avenir brouillé ne pointait pas une étoile. Les ciels constellés brillaient pour les chanceux, les privilégiés du destin. Elle n'appartenait pas à cette catégorie.

Quoique courageuse, à force de se cogner d'échec en échec, d'encaisser des coups, de tomber dans les chausse-trappes de l'existence, la jeune femme ne trouvait plus la force de lutter. A quoi bon ! La tentation de s'abandonner la gagnait. Elle se laisserait glisser sans réagir, résignée à son triste sort, et c'en serait fini.

Lorsqu'elle regardait sa ville, un regain de confiance la soulevait. Une telle force communicative se dégageait de l'enchevêtrement des rues, des immeubles et des maisons escaladant les collines ! Son cœur se remettait à battre. Marseille ouvrait un vaste creuset où bouillonnait la vie. En elle se fondaient le pire et le meilleur. Jusqu'à présent, le pire avait été son lot. Cela pouvait changer.

L'emprise du désespoir l'avait poussée jusqu'au bord du suicide. Elle n'avait pas franchi le pas. Oh, se disait-elle, ce ne serait pas une grosse perte ! Je n'ai plus de parents, pas d'amis. Personne ne tient à moi. On m'aurait oubliée avant que je ne meure.

Par quel cheminement Léa était-elle arrivée à cette extrémité ? Une fois de plus, il s'agissait des conséquences de la Grande Guerre. Son père, Louis Ledru, avait été tué à Verdun. Sa mère, Claire, une fois veuve, s'était saignée aux quatre veines pour élever sa fille. Elle avait trop présumé de ses forces. La fatigue, les privations, le désespoir avaient eu raison de sa santé fragile. Atteinte d'une maladie sans remède, elle s'était effacée sans bruit, lentement, au mois de février 1920, comme la flamme d'une bougie chancelle et s'éteint.

La France, sortie du carnage la tête haute, pansait ses blessures et s'efforçait de restaurer sa santé. Claire n'avait pu suivre le rythme. Elle était restée sur le bord de la route, effondrée d'impuissance, horrifiée à la pensée de laisser sa petite Léa orpheline à quinze ans, sans travail ni ressources. Qu'adviendrait-il d'elle ? Cette lancinante pensée avait probablement accéléré son trépas.

Léa ne pouvait compter sur sa famille. Celle-ci se réduisait à un vague cousin du troisième degré qui se souciait de sa parente inconnue comme d'une guigne. Le garçon, avec lequel les Ledru n'entretenaient pas de relations, habitait aux environs de Saint-Etienne. Il travaillait à la mine. Savait-il seulement que Léa existait ?

Quant à elle, elle ignorait jusqu'à son nom.

Après la mort de sa mère, la jeune fille survécut tant bien que mal grâce à de petits boulots, à la charité des braves gens émus par sa situation. Elle marchait seule derrière le cercueil de sa mère. Le corbillard des pauvres conduisait la dépouille en terre commune, sans sépulture.

Trois ans de privations, d'insécurité, de peur. Elle acceptait tous les travaux qu'on lui proposait. D'ignobles individus, profitant de sa faiblesse, de son jeune âge et de son inexpérience, l'exploitèrent sans vergogne. Pour manger, elle se soumettait à leur loi. Il n'existait pas d'alternative. C'était ça ou rien. Jusqu'à ce qu'un couple de commerçants, tenant boutique de bonneterie dans le quartier des halles Delacroix, s'émeuvent de son indigence. Ils lui proposèrent un emploi de commise bonne à tout faire. Elle venait d'avoir dix-huit ans. Elle accepta avec gratitude la main généreusement tendue.

L'histoire de Léa ressemblait à ces mélodrames conçus pour faire pleurer dans les chaumières, *Les Deux Orphelines*, *Le Maître de forges*, *Ces dames aux chapeaux verts*. La réalité dépassait la fiction. La jeune fille accumulait les déboires, mais ces épreuves l'avaient formée. Elle en sortait plus forte, plus endurante, plus courageuse. La dureté de l'existence forge le caractère. L'avenir s'éclaircissait grâce à ces commerçants charitables. Elle mettrait cette embellie à profit. Elle accepterait tout plutôt que de retomber dans la dèche.

Ses nouveaux patrons voulaient l'aider. Louis Passedègue avait beaucoup souffert au front, dans sa chair et dans son âme. Après une mauvaise blessure à la cuisse, il était retourné en première ligne. Il en était revenu, après le dernier coup de canon, gazé, les poumons et les bronches ravagés par l'ypérite. Des crises épouvantables le secouaient, qui l'exténuaient.

Cet homme diminué par ses handicaps enrageait de ne pouvoir assumer ses responsabilités. Il s'appuyait sur sa femme et, maintenant, sur Léa. Michèle, qu'on appelait Mimi, se montrait plus exigeante. Le travail le voulait ainsi. Si on s'apitoyait, gare à la dégringolade ! Or, pour les Passedègue, celle-ci avait commencé. La crise les atteignait de plein fouet.

Le commerce de bonneterie n'était pas des plus florissants. La concurrence était rude. Le magasin exigu, incommode, vieillot, attirait une clientèle également vieillotte, achetant peu et payant chichement. S'ensuivaient plusieurs conséquences fâcheuses : ils devaient continuer à vendre des modèles anciens pour satisfaire aux goûts de leur pratique rétive à la nouveauté. Cette disposition nécessaire éloignait les gens sensibles à la modernité, à l'esprit nouveau, et empêchait de ce fait le renouvellement de la clientèle. Les Passedègue roulaient sur un fonds périmé tandis qu'en raison de leur âge de plus en plus avancé la mort fauchait leurs clientes les plus fidèles. Mimi et Louis Passedègue, pris au piège, s'avéraient incapables de réagir, de trouver les idées nécessaires à la sauvegarde de la boutique.

— A ce rythme, nous devrons bientôt vendre notre marchandise au cimetière Saint-Pierre, ironisait Mimi.

— Oui, soupirait Louis, si nos chalands ne sont pas morts, ils ont déjà un pied dans la tombe.

Et une forte toux le secouait. Des ongles pointus griffaient l'intérieur de ses bronches. Une invisible main écrasait sa poitrine. Il manquait d'air.

Il aurait fallu agrandir, moderniser, s'ouvrir à de nouvelles gammes de produits. Les capitaux manquaient pour réaliser de tels projets. Mimi espérait de Léa qu'elle insufflerait un sang neuf aux affaires. Elle ne se trompait pas. Il fallait pourtant tempérer son enthousiasme. Malgré ses qualités et son courage, la jeune fille ne redresserait pas seule la barre. Réussir imposait d'unir leurs efforts. Or Mimi, désabusée, passait son temps à se morfondre. Quant à Louis, au bout du rouleau, sans énergie, brisé, il se résignait. Il ne s'était toujours pas remis de la guerre et de ses blessures.

— Quand je suis parti, ruminait-il, je venais d'avoir vingt-six ans. J'en avais trente quand j'ai été démobilisé. C'était comme si j'en avais au moins vingt de plus. Les années de guerre comptent double.

— Ne ressasse pas toujours cette histoire, intervenait Mimi. Tu te fais du mal inutilement.

— C'est la vérité.

— Tu n'y changeras rien, mon pauvre Louis. Le mal est fait.

Le mal, Louis Passedègue le reconnaissait sans le voir. Il lui suffisait de fermer les yeux. Il était là, devant lui, dans sa tête, bouche tordue, grimaçante, membres rompus, ventre ouvert, barbouillé de boue et de sang. Le mal avait le visage défiguré d'un gars de vingt ans. Il s'accrochait à des membres arrachés, des viscères mêlés à la boue, avec ce cri de bête blessée, immolée, ce hurlement qui déchirait la nuit, se propageait à travers les murs des forteresses écroulées, les forêts incendiées, les maisons en ruine, et que l'on entendait encore et encore, fendant le silence d'un coup de hache, longtemps après qu'il s'était tu dans l'ultime spasme de la mort.

3

Les halles Delacroix – du nom du préfet Charles Delacroix – occupaient le centre d'un des quartiers les plus commerçants de Marseille, en plein cœur de la ville. Elles avaient été construites en 1803, sur l'emplacement du théâtre de la rue Vacon, propriété de l'avocat Jean-Pierre Chomel. L'édifice dévolu aux muses avait été démoli au profit d'une halle à poissons. Succession étrange, mais bien dans la logique de cette cité imperméable à l'art, tout entière occupée de négoce où, depuis l'origine, les livres de comptes prévalaient sur les partitions, où les tintements des tiroirs-caisses l'emportaient sur les plus belles symphonies du répertoire.

La construction, avec son fronton soutenu par des colonnes massives, ressemblait à un temple. Un temple dédié à la mer puisque sur le pourtour et à l'intérieur, sur des étals de pierre, grouillait, dans une symphonie de couleurs, une variété de poissons et de coquillages étalés sur des lits d'algues brunes. Des poissonnières à la langue bien pendue, au verbe haut, à l'insulte facile trônaient comme des matrones romaines. Elles donnaient de la voix pour crier à la cantonade la marée fraîchement pêchée. Mais, il faut le reconnaître, moins harmonieusement que du temps où le théâtre drainait les amateurs de tragédie ou de comédie.

Tout autour s'installaient des marchands des quatre-saisons, des vendeurs à la sauvette, prompts à s'éclipser dès que pointait le képi d'un sergent de ville. Dans les petites rues adjacentes s'alignaient des échoppes d'artisans et les devantures de petits commerces, cordonniers, cavistes, bonnetiers, ferblantiers, droguistes, papetiers, charcutiers, épiciers. S'en dégageaient des odeurs de légumes, de plantes aromatiques, d'épices. Malheureusement aussi des remugles nauséabonds, des pestilences. L'hygiène et la propreté n'étaient pas les vertus cardinales de ces lieux où, dans un brouhaha ponctué de clameurs et de cris, se pressait en permanence une foule populaire et bigarrée, composée de chalands et de curieux, ou de sbires en quête d'un mauvais coup, voleurs à la tire, pickpockets, nervis descendus des vieux quartiers de Saint-Jean, des Acoules et des Moulins.

Louis et Mimi Passedègue tenaient boutique dans une étroite rue transversale. Ils logeaient au-dessus, dans un modeste trois-pièces cuisine. Les fenêtres ouvraient sur la rue. La cuisine, prolongée d'un balcon où se trouvaient les W-C, donnait sur une cour intérieure bordée d'immeubles semblables. Un marchand de vin y entreposait des caisses, des bidons et des paniers de bouteilles vides. Sur des fils tendus de fenêtre en fenêtre séchait du linge.

La boutique consistait en un étroit couloir bordé d'étagères et de casiers contenant la marchandise. Au fond, devant une imposante armoire occupant le mur, trônait la banque. Louis, malgré son infirmité, servait les clients. Quand il n'y en avait pas, il s'affalait dans un fauteuil et attendait, perdu dans de mornes pensées. Mimi se tenait à la caisse et donnait occasionnellement un coup de main à la vente.

La devanture, vitrée à mi-hauteur, exposait sans recherche un échantillon de produits assez hétéroclites. Mimi s'en chargeait par habitude. Elle ne montrait aucun talent d'étalagiste et s'appliquait pour des résultats consternants. Elle entassait les objets, croyant que l'accumulation attirerait davantage de chalands. Le contraire se produisait. Sa maladresse, son absence de goût éloignaient ceux qu'elle espérait rameuter.

Le couple se lamentait sans comprendre la cause de ses échecs. Louis soupirait :

— Avant, ça marchait.

— Avant quoi ? demandait Mimi.

— La guerre, pardi !

Mimi hochait la tête.

— Nous étions jeunes.

— Oui, les temps ont changé. La guerre nous a brisés. Nous sommes finis, ma pauvre.

En général, une quinte de toux mettait un terme à ces lamentations.

Ils se croyaient vieux parce qu'ils pensaient vieux, qu'ils menaient une existence de vieux. En fait, ils étaient dans la force de l'âge. Ils franchissaient tout juste le cap de la quarantaine. Ils s'étaient laissé enliser sans puiser en eux la force de réagir. Il eût suffi d'un rien, d'un coup de pouce donné par le hasard, pour restaurer leur confiance et leur faire reprendre espoir en une vie meilleure.

C'est alors qu'ils s'étaient pris de pitié pour une jeune demoiselle plus mal lotie qu'ils ne l'étaient. Elle fréquentait le quartier, leur rendait quelquefois visite. Elle donnait volontiers un coup de main en échange d'une pièce ou de quoi manger.

— Si elle n'était pas fagotée comme ça, et si elle était plus propre, elle serait jolie, observait Mimi.

— Elle l'est, opinait Louis.

— Tu la trouves à ton goût, sacripant ? le piquait Mimi, faussement jalouse.

— Oh ! moi, ce que j'en dis... Une fille comme elle dans la rue, tu ne m'empêcheras pas de penser que c'est du gâchis.

— Je te l'accorde. Elle en bave, la pauvre petite !

Léa ne se plaignait pas. Elle avait sa dignité. Comme elle ne rechignait pas à la besogne, elle prit peu à peu l'habitude de venir les aider. Mimi et Louis l'accueillaient avec joie. Un rayon de soleil entrait dans la boutique à sa suite. Quand les Passedègue apprirent l'histoire de Léa, elle les émut. Ils se consultèrent : la même idée germa au même moment dans leur esprit.

Raymond Sigean avait retrouvé la trace de Louis Passedègue en flânant dans le quartier des halles. Il faisait chaud. L'air immobile, chargé de poussière, s'appesantissait. Les promeneurs cherchaient l'ombre. Ils la trouvaient dans ce lacis d'étroites ruelles où le soleil ne descendait pas. Au bas des crevasses urbaines, étroitement encaissées entre les parois verticales de hautes façades, une bienfaisante fraîcheur les réconfortait. Une femme jetait parfois devant sa porte un seau d'eau qui s'évaporait lentement.

Louis Passedègue était debout, adossé à sa boutique. Raymond, surpris, s'arrêta. Ne se trompait-il pas ? Non. Il avait la mémoire des visages. Il s'approcha :

— Louis ? Louis Passedègue ?

L'autre se retourna. A sa mimique, on voyait qu'il faisait des efforts pour se souvenir.

— On se connaît ? fit-il.

— Parbleu ! Raymond Sigean, 22e régiment d'infanterie alpine.

Louis Passedègue se fendit d'un sourire et tendit la main.

— Ah ! ça, alors ! ne cessait-il de répéter.

Raymond négligea la main tendue et lui donna l'accolade, en camarade.

— Je te croyais mort.

— Il s'en est fallu de peu.

— Par bonheur, tu es bien vivant.

Ils s'étaient connus dans les tranchées de Verdun où ils avaient participé aux combats les plus violents et les plus meurtriers. La camaraderie s'était muée en amitié. Une amitié scellée par la souffrance et la peur. Raymond avait su pour la première blessure de Louis. « Juste une égratignure », protestait gaillardement celui-ci. Il était revenu quelques semaines plus tard. En première ligne. Sa jambe était guérie. Il pouvait marcher. Du moins le toubib l'assurait-il. L'état-major réclamait toujours plus d'hommes pour lancer ses offensives. Ensuite, Louis avait changé de secteur et ils ne s'étaient plus revus.

— C'est à ce moment que j'ai été gazé, précisa Louis.

— Mon pauvre vieux !

— J'ai respiré cette foutue saloperie. Elle ne me lâche pas. Elle est là, dans ma poitrine. Elle me ronge le mou. Je ne peux même pas la cracher.

Il se mit à tousser. L'air raclait ses poumons avec une sorte de sifflement.

— Tu vois, Raymond, je ne m'en sortirai pas. Ils auront ma peau.

— Tu exagères, rétorqua Raymond.

Il savait qu'il disait vrai.

Les premiers obus chargés de gaz de combat avaient été employés par les Allemands au mois de juillet 1917, à Ypres. On avait baptisé cette substance nocive « gaz moutarde », à cause de son odeur, ou « ypérite », en souvenir de la ville où on l'avait utilisée pour la première fois. Elle attaquait la peau, les muqueuses, les voies respiratoires. Ses effets étaient insidieux, son action retardée et persistante. Aucun médicament n'en venait à bout. Ceux qui étaient atteints, comme ce pauvre Louis, n'en guérissaient pas. La guerre se prolongeait dans leur chair.

— Viens, dit Raymond. Allons boire un coup.

— D'accord. Le temps de confier la boutique à Mimi.

Ils parlèrent longtemps. Ils avaient tant de choses à se dire. La paix régnait depuis douze ans. N'empêche ! ils n'oubliaient pas. Les souvenirs enfouis ressurgissaient. Ils les échangeaient avec un plaisir ambigu quoique chacun les évoquât d'abord pour soi. Parler les soulageait un moment du fardeau. Seuls comprenaient les survivants de l'hécatombe qui partageaient l'expérience des combats. Avec les civils, les planqués, les jeunes, c'était inutile. Ils se heurtaient à une indifférence polie qui les révoltait dans la mesure où elle les condamnait au silence.

— Nous sommes des anciens combattants, Raymond. C'est une race à part.

— Moi, je ne suis pas résigné, dit Raymond. Je crois en l'avenir. Nous avons payé pour ça. Maintenant, nous avons beaucoup de choses à faire. Crois-tu que nous ayons fière allure dans nos vieux uniformes, avec nos défilés de poilus et nos cérémonies aux morts, pendant qu'on écoute des chants nègres et qu'on danse le charleston ?

Louis posa la main sur son bras.

— Tais-toi, souffla-t-il.

Il avait les larmes aux yeux.

Ils retournèrent à la boutique. Louis présenta Mimi et Léa à Raymond.

— Tu restes déjeuner, dit-il.

Raymond déclina l'offre.

— Non, merci, une autre fois. Je dois rentrer à Roussillon. J'ai mon train à treize heures. Je ne veux pas le rater.

A compter de ce jour, les liens d'amitié unissant Raymond et Louis se consolidèrent. Le premier, meilleur homme d'affaires que le second, lui prodiguait ses conseils. Il lui accorda même des aides financières ponctuelles, avec l'intention de les développer ultérieurement en fonction des résultats. Il les versait à fonds perdus pour l'instant. Il doutait de la capacité de son camarade à redresser une situation catastrophique. Louis n'en avait pas l'envergure. Ce n'était pas un battant.

— Nous ne sommes plus au siècle dernier. Tu dois moderniser, préconisait Raymond.

— J'en conviens. Pour cela, il faut de l'argent. Je n'en ai pas. Le commerce ne rapporte pas assez. Il permet tout juste de vivre. Les bénéfices sont dérisoires.

— Emprunte.

— On ne prête qu'aux riches. Tu connais les banques. Je n'ai pas de garanties. La boutique ne vaut rien.

— Que comptes-tu faire ?

— Continuer. Je n'ai pas le choix, soupira Louis. Je suis né dans la bonneterie. Je ne sais rien faire d'autre. Mimi non plus.

— La jeune femme que tu as embauchée semble un bon élément.

— Elle donne satisfaction.

— D'après ce que je comprends, vous l'avez prise chez vous par pitié, histoire de faire une bonne action.

— Oui.

— Quand je viens, poursuivit Raymond, je l'observe. Voilà du sang neuf. Elle a de l'énergie. Elle ne manque pas de qualités.

— Elle apprend vite. C'est une fille intelligente. Elle connaît déjà les ficelles du métier. Elle sait vendre et elle aime ça.

— Pourquoi ne pas lui laisser davantage d'initiative ?

— Je suis le patron.

— Quand tu dis ça, tu ne dis pas grand-chose. Fais ton examen de conscience, Louis. La solution est sous tes yeux.

Les propos de Raymond ébranlèrent Louis. Il fit l'examen de conscience préconisé. Il en parla à Mimi. Après mûre réflexion, sa femme se rangea à l'avis de Raymond.

— Qu'est-ce qu'on risque à essayer ? dit-elle. N'avions-nous pas une idée semblable au départ ?

— Sans aller jusque-là.

— De quoi as-tu peur ? Si elle exagère, nous pourrons toujours la licencier.

— La jeter à la rue ? Aurions-nous accompli tout ça pour rien ? Tu n'y penses pas !

— Léa n'est pas une intrigante, j'en conviens. C'est une brave fille qui nous témoigne de la reconnaissance. Cela ne nous empêche pas de prendre des précautions.

Louis Passedègue se méfiait d'instinct. Rien néanmoins, dans le comportement de Léa, ne motivait sa réserve. Il suivit l'avis de sa femme.

Léa prit donc du galon. Mimi lui confia le soin de faire la vitrine, ce dont elle s'acquitta à satisfaction. Le changement se voyait au premier coup d'œil. Mimi, qui s'en occupait jusque-là, réprima une pointe de jalousie. Elle se garda d'exposer ses états d'âme. Le commerce d'abord.

Léa accompagna Louis dans ses tournées auprès des fournisseurs. Il les lui présenta. Ils examinèrent ensemble les nouveaux articles, choisirent les coloris, les modèles. Elle donna son avis, timidement au début, puis en s'enhardissant. Elle respectait les règles. Elle n'essayait pas de s'imposer au détriment de Louis. Elle restait humble et polie, à sa place. Il apprécia la justesse de ses jugements. Léa trouvait de bons arguments. Elle était capable de défendre âprement leurs intérêts.

Les choses s'améliorèrent lentement mais incontestablement. Louis et Mimi se félicitèrent de leur choix.

Au bout de quelques mois, quand Raymond revint

voir ses amis Passedègue, il fut sensible aux transformations opérées dans l'intervalle.

— Tu as suivi mes conseils ? demanda-t-il.

— Oui. Ils étaient avisés.

— Ils n'auraient pas abouti si tu n'avais pas eu affaire à un bon élément. Prends-en soin. Cette fille a beaucoup de qualités.

— Et elle est jolie, ajouta Louis avec un clin d'œil entendu. Ce qui ne gâche rien.

Raymond demanda à voir Léa.

— Que lui veux-tu ?

— J'ai à lui parler, dit-il d'un air énigmatique. Seul.

4

Au mas des Terres Rouges, la vie s'écoulait dans une monotonie à pleurer. Que le maître fût là ou non, rien ne changeait. Du moins en apparence, car Sigean remuait des projets dans sa tête. Il n'en soufflait mot. Fernande traversait son regard absent sans qu'il la vît. Malgré sa forte taille et ses rondeurs opulentes, la bonne semblait transparente.

L'attitude inhabituelle de Raymond ne laissait pas de l'inquiéter. Il déambulait d'une pièce à l'autre, silencieux et taciturne. Il traversait des périodes l'air ailleurs, comme en ce moment. Il manifestait au moins une politesse bourrue. Fernande se disait : il est là, il est en bonne santé.

A quoi pouvait-il penser ? Qu'est-ce qui le tracassait ? Sans doute était-il aux prises avec un problème important dont il ne trouvait pas la solution. L'hypothèse ne tenait pas. Raymond, homme de sens rassis, avait toujours su faire face et surmonter les obstacles matériels, financiers, voire psychologiques.

Si la grosse Fernande avait été en mesure de suivre ce qui se déroulait sous le crâne de Sigean, elle aurait été alarmée. Elle aurait vu son avenir s'obscurcir. Ce qu'elle redoutait adviendrait probablement.

Raymond s'était surpris à penser qu'il n'allait pas si souvent à Marseille pour les raisons qu'il avançait. Il rendait visite aux Passedègue parce qu'il aimait leur compagnie. Il s'intéressait à l'évolution de leurs affaires, acceptait de partager leur repas, se montrait disert à table. Il ressassait volontiers des souvenirs de guerre avec la complicité de Louis. Voilà pour la façade.

En réalité, il venait pour Léa. La jeune femme l'attirait. Il ne se satisfaisait pas de la savoir correctement installée, avec un emploi fixe, à l'abri du besoin. La « petite » éveillait son intérêt. Ainsi la nommait-il affectueusement. La prendre sous sa protection le tentait. Elle méritait mieux que l'existence végétative menée dans le giron d'un couple désabusé, dépourvu d'ambition. Qu'apprendrait-elle de la vie sous pareille houlette ? Eux-mêmes en savaient si peu !

La « petite » avait maintenant vingt-cinq ans. Lui en avait quinze de plus. Quand il l'observait, il posait sur elle un regard d'homme. Elle n'était pas grande mais bien faite. Sous sa blouse grise de tissu grossier, resserrée à la taille, se dessinaient des rondeurs, une fluidité sensuelle confirmée par l'éclat des yeux, vite retenu, comme pour masquer les braises couvant derrière. Les cheveux noirs, ramenés en arrière et coiffés en chignon, accusaient le bel ovale du visage au teint mat. Elle avait des yeux noisette, le nez légèrement retroussé, une bouche charnue aux lèvres bien ourlées.

Raymond connaissait l'histoire de Léa. La vie n'avait pas été généreuse avec elle. La seule chance était venue des Passedègue. La jeune femme s'appliquait à ne pas la compromettre. La peur de retomber dans l'ornière réglait sa conduite. Elle avait trop souffert pour commettre une incartade.

Il n'entrait pas dans les intentions de Raymond d'abuser de la « petite », de la détourner du droit chemin. La présence de ce sang neuf fouettait pourtant le sien, quoiqu'il s'en défendît. Il luttait contre une attirance jugée inconvenante, absurde, dangereuse.

Mimi, qui n'avait pas les yeux dans sa poche et montrait de la perspicacité, s'étonna la première de l'étrange comportement de Raymond. Elle s'en ouvrit à Louis.

— Ton ami a un comportement bizarre.

Il haussa les sourcils.

— Que me chantes-tu là ?

— Tu n'as rien remarqué ?

— Ma foi, non.

— Tu crois qu'il vient pour tes beaux yeux ? fit-elle avec ironie.

— Il a de l'amitié pour moi. Nous avons partagé tant de choses horribles. Il n'a pas oublié. Moi non plus.

Elle haussa les épaules.

— Je ne te parle pas de ça.

— Alors, de quoi parles-tu ? Je n'aime pas tes allusions. Vide ton sac. Dis les choses clairement.

Un sourire de commisération se peignit sur les lèvres de Mimi.

— Tu n'as donc rien remarqué.

— Non, te dis-je ! Cesse de m'énerver et lâche le morceau.

— Pourtant, ça crève les yeux. Ton ami Raymond tourne autour de Léa.

Elle détailla le fruit de ses observations. Il écoutait, abasourdi par ces révélations qui le prenaient au dépourvu. Chaque fait isolé semblait banal. Les uns s'ajoutant aux autres, l'ensemble s'avérait convainquant. Mimi n'était pas victime d'hallucinations.

— Cela s'est déroulé sous mes yeux et je ne me suis aperçu de rien, reconnut-il, décontenancé.

— Mon pauvre Louis ! Tu ne regardes jamais là où il faut.

— Tu crois que Léa lui a fait des avances ?

— Non. Elle a sans doute remarqué son manège sans se prêter au jeu. C'est une fille honnête, pas une coquette. Elle respecte notre maison. Du moins me donne-t-elle cette impression. Ton Raymond, avec ses airs de ne pas y toucher, est un sacré *pistachié*.

— Nous devrions avoir un entretien avec Léa.

— Je suis plutôt d'avis de l'avoir avec Raymond, rectifia Mimi.

— Inutile. S'il a une idée en tête, il viendra de lui-même.

— Ses relations intimes ne nous regardent pas.

— Sauf si cela concerne Léa. C'est un peu notre enfant, dit Louis. Raymond le sait. Je ne crois pas qu'il nourrisse de mauvaises intentions.

— Oh ! s'exclama Mimi. Quand un homme désire une femme, il ne s'embarrasse pas de ce genre de considérations. S'il la veut, il fait tout pour l'avoir.

Leur confiance en Léa demeurait intacte. Ils ne l'avaient encore jamais surprise en compagnie de garçons. Elle se tenait loin de leurs pattes. Le pire pouvait advenir si elle succombait à leurs belles paroles. Ils voulaient tous la même chose. Elle espérait davantage. Elle menait une vie sage en attendant de rencontrer l'homme de ses rêves. S'il ne se présentait pas, elle resterait célibataire. Elle vieillirait sans amour. Elle préférait cet avenir à la honte d'être abusée. Ses yeux, durant si longtemps, avaient été souillés par des spectacles abominables, elle avait été mêlée à tant de choses sales que ces souvenirs la révulsaient.

Taraudée de curiosité, Mimi essaya de provoquer les confidences de Léa.

— Tu n'as pas de petit ami ?

— Non, madame.

— Jeune et jolie comme tu es…

— Les garçons ne m'intéressent pas, mentit Léa.

— Hum ! Tu n'as pas un comportement normal, ma fille. Moi, à ton âge, j'étais déjà mariée. Tu as peur ?

— Oui.

— Crois-en mon expérience, cette peur-là disparaît très vite à l'usage.

— S'il m'arrivait malheur... On dit tant de choses que...

Mimi la sentit mal à l'aise. Sans doute ne disait-elle pas toute la vérité. Cette oiselle effarouchée n'était pas aussi insensible au sexe fort qu'elle le prétendait.

— Louis et moi, nous sommes là pour te protéger et aussi te conseiller, dit Mimi.

— Je sais, madame. Je vous dois déjà beaucoup. Et puis, vous me prêtez des livres.

— Tu aimes lire ?

— Cela me passionne. Ces personnages qui nous entraînent dans des aventures extraordinaires, dans des pays fabuleux...

— Je t'approuve. Lire est un plaisir sain. Mais attention, ne confonds pas le rêve et la réalité.

— J'ai beaucoup réfléchi. Je ne commettrai pas cette erreur.

La plus grande disparité régnait dans le quartier des halles Delacroix. On y croisait des ouvriers portant casquette, des artisans en tablier, des colporteurs, des messieurs, reconnaissables à leur chapeau, des nervis descendus des buttes de Saint-Jean et des Moulins, toujours à l'affût d'une provocation ou d'un mauvais coup. Ce tissu bigarré constituait le peuple de Marseille, semblable à aucun autre. En lui se mêlaient tous les contrastes du genre humain et il les portait à leur paroxysme.

Les uns venaient faire leurs courses, marchandaient les légumes, essuyaient les insultes ordurières des poissonnières promptes à aiguiser leur langue de vipère sur le premier venu. D'autres se promenaient simplement, pour le plaisir de côtoyer la foule, d'assister aux scènes pittoresques de la rue. Certains, mine de rien, les yeux fureteurs, préparaient un larcin. Le quartier était réputé pour la volatilité des bourses.

Mimi, familière des boutades gaillardes, se plaisait dans cette ambiance populaire et bon enfant. Elle plaisantait volontiers avec les passants et ses confrères. Le commerce de bonneterie n'attirait cependant que des femmes. Elle vendait des pelotes de laine, des brassières, des chandails, des écharpes. Le blanc, le bleu, le rose étaient les plus demandés. La tradition attribuait le bleu aux garçons, le rose aux filles, le blanc pour tous. D'autres teintes se vendaient aussi, mais plus rarement. Le conformisme maintenait les clientes dans de strictes limites.

Mimi ne se berçait pas d'illusions sur ses possibilités actuelles. Elle ne réagissait même plus à sa propre médiocrité, ne trouvant plus la force de lutter. Sa clientèle se composait principalement de femmes mûres ou âgées, des belles-mères, des grands-mamans, de vieilles tantes. Dans les artères principales, comme la rue de Rome, la rue Saint-Ferréol, la rue Paradis, s'ouvraient des magasins modernes aux décors luxueux, avec des vendeuses jeunes et jolies, habillées avec élégance et bien maquillées. Une clientèle huppée les fréquentait, des bourgeoises fortunées qui ne franchiraient jamais la porte de sa modeste boutique.

Heureusement, la présence de Léa apportait un peu de fraîcheur et de gaieté. Elle effectuait un travail remarquable avec peu de moyens. Elle manifestait du goût et des idées.

— Comment cette créature, élevée pour ainsi dire dans le ruisseau, peut-elle se conduire de la sorte ! s'extasiait Mimi. Pour sûr, elle a la grâce.

C'était inné. Mimi, mine de rien, remarquait tout. Le manège d'un ouvrier d'une vingtaine d'années n'échappa pas à sa vigilance. Il rôdait depuis pas mal de temps aux environs de la boutique et s'arrêtait devant la vitrine comme si les lainages pouvaient éveiller l'intérêt d'un garçon de son espèce. Il ne se souciait pas de la singularité de son attitude. Mimi, oui. Le drôle cherchait à capter l'attention de Léa. Celle-ci avait dû croiser plusieurs fois son regard. Le garçon y avait lu un encouragement, sinon il n'eût pas insisté.

Mimi, résolue, interrogea Léa, la poussa dans ses derniers retranchements. Elle l'attaqua de front.

— Léa, dit-elle, se peut-il que tu ne voies pas les galants qui soupirent après toi ? Leur manège crève les yeux.

— Quels galants ?

— Par exemple celui qui vient tous les jours roucouler devant la vitrine. Un beau garçon, d'ailleurs. Il ne roule pas sur l'or, c'est évident. Mais, quand on est jeune, est-ce là ce qu'on demande aux garçons ? Mieux vaut beau visage que bourse garnie.

— Oh ! Madame, s'effaroucha Léa, qu'allez-vous chercher ?

— Ce qui est sous tes yeux et que tu n'as pas trouvé.

Les joues de Léa s'empourprèrent. Elle bredouilla des paroles incompréhensibles.

— Ne m'en veux pas si je te taquine. Tes amourettes me font revivre ma jeunesse. C'est si loin, ça passe si vite... Profite pendant qu'il est temps, ma fille.

Une fois seule, Léa songea aux propos de sa patronne. Mimi l'avait percée à jour. Elle croyait avoir dissimulé ses émois. Bien sûr, elle l'avait remarqué, ce jeune homme. Ils s'étaient regardés dans les yeux. Cela l'avait profondément troublée. Elle avait ressenti une gêne délicieuse. Un étrange malaise l'envahissait lorsqu'il s'approchait du magasin. Il insistait. Elle refusait de le rabrouer.

Ils ne s'étaient jamais adressé la parole. Elle n'avait jamais touché sa main. Pourtant, chaque fois, le même phénomène se reproduisait. Son ventre se nouait comme si elle allait défaillir. Ses jambes s'amollissaient. En vérité, c'était son cœur qui chavirait.

5

Chaque jour, Antoine Briguetti prenait le tram qui le conduisait à la gare de l'Est, terminus de la ligne. Le véhicule ferraillait le long de la Blancarde et du boulevard Chave avant de s'engouffrer dans le tunnel qui débouchait dans un grand hall bruyant, en pleine ville, à deux pas de la Canebière. Des voyageurs à demi endormis se levaient de leur siège de bois et se dirigeaient vers leur lieu de travail, certains par petits groupes, d'autres seuls. Quelques-uns discutaient de sport, de politique, de femmes. La plupart se taisaient. Ils n'étaient pas encore entrés dans le jour.

Antoine se levait tôt pour être au boulot à sept heures. Son patron, Firmin Duval, ne transigeait pas avec l'horaire. « La première vertu du travailleur, c'est la ponctualité », affirmait-il. Lui s'affairait à l'atelier avant l'arrivée de ses ouvriers. Il y demeurait après leur départ. Le patron devait donner l'exemple, être toujours là, ne pas montrer signe de fatigue, avoir l'œil à tout, travailler de son mieux pour susciter l'émulation.

Firmin Duval avait commencé comme apprenti chez un vieil ébéniste de Saint-Loup. Il avait fait beaucoup d'efforts avant de se mettre à son compte et d'embaucher à son tour. Son métier le passionnait et il s'efforçait de transmettre cette passion à ses jeunes apprentis, pas toujours enclins à épouser son enthousiasme et qui s'en gaussaient parfois.

Antoine, déjà mûr, comprenait l'intérêt de cette discipline rigoureuse et de cette exigence. A vingt-trois ans, il ne manquait ni de discernement ni de bon sens. Il déplorait l'attitude de la plupart de ses camarades, toujours à rouspéter, à se plaindre, à tirer au flanc. Surtout les plus jeunes ! Les vrais enjeux leur échappaient. Ils voulaient tout sans rien donner. Les anciens les traitaient avec mépris de paresseux, de bons à rien, d'incapables. Eux avaient fait leurs preuves sur le tas et se souvenaient des années terribles où le fléau de la guerre fauchait sans distinction la bonne graine et la mauvaise.

Ces hommes d'expérience appréciaient maintenant le bonheur de vivre en paix et d'avoir un emploi pour nourrir leur famille. Ils se désolaient de voir la France, pour laquelle ils avaient consenti tant de sacrifices, glisser sans réagir sur la pente du déclin. La société avait changé au point d'ébranler leurs certitudes. Ils ne comprenaient pas ces transformations des usages et des mœurs qui composaient un paysage nouveau dans lequel ils cherchaient leur place. Le pays n'avait plus de ressort. Il s'abandonnait à la légèreté, à la frénésie de la fête, à la licence. Dieu seul savait où cela le conduirait.

Antoine était un homme de taille moyenne, mince, bien découplé. Une barbe noire, taillée en collier, entourait son visage viril aux traits saillants. D'abondants cheveux noirs bouclés descendaient bas sur son front, lui donnant un air de bélier. Des yeux verts éclairaient sa physionomie assez commune. Il portait une salopette et une veste de toile bleue.

Quand il avait repéré Léa, elle lui avait plu tout de suite. Depuis, il hantait les parages de la bonneterie afin d'apercevoir sa frêle silhouette derrière la vitrine. Il s'approchait avec hardiesse dans l'espoir de l'aborder, d'échanger quelques paroles avec elle, de lier connaissance. Jusqu'à présent, il n'y était pas parvenu. Mais le garçon avait de la suite dans les idées, il poursuivait son but.

Léa semblait ne pas le voir. Il était pourtant sûr du contraire. Il essayait de dominer sa timidité pour provoquer la rencontre désirée. L'occasion ne se présentait pas. La jeune fille s'enfermait dans la boutique sous la surveillance de ses patrons, lesquels s'éloignaient rarement et pour peu de temps. Ils logeaient au-dessus de la boutique. Ils avaient tout sur place, à portée de la main.

En interrogeant des voisins loquaces, Antoine obtint quelques renseignements. La jeune femme se nommait Léa, elle était orpheline. Les Passedègue l'avaient aidée et recueillie, de sorte qu'elle leur devait une grande reconnaissance. Elle avait la réputation d'être une fille sérieuse, honnête, peu liante. On ne lui connaissait pas d'amoureux. Ce dernier détail conforta Antoine dans son entreprise.

Léa passait la majeure partie de son temps auprès de ses patrons. Elle s'occupait de la boutique avec zèle, comme si celle-ci lui appartenait. Ah ! les Passedègue avaient de la chance d'avoir trouvé une telle perle ! Les pauvres en avaient bien besoin. Elle était arrivée au bon moment pour les seconder et réveiller leur courage défaillant. Pour plus de commodité, ils l'hébergeaient gracieusement dans une chambre de bonne qu'ils possédaient au dernier étage de l'immeuble mitoyen.

La situation ne sembla donc pas désespérée à Antoine. Il conservait toutes ses chances. Il suffisait d'agir avec adresse, sans effaroucher Léa ni s'attirer les foudres des Passedègue. Il avait trois personnes à séduire au lieu d'une.

Les commères ne manquèrent pas d'alerter Mimi sur les manœuvres de l'inconnu qui tournait autour de sa protégée à la manière d'un oiseau de proie. Elles plantaient les crocs sur une affaire qu'elles ne lâcheraient pas. Une histoire d'amour, les meilleures ! Elles grossirent les faits à plaisir. Elles en rajoutèrent. La broutille s'enfla aux dimensions d'une épopée sentimentale dont elles inventaient les péripéties au fur et à mesure qu'elle se déroulait. La version inventée supplantait la réalité qui se réduisait à peu de choses.

— Que puis-je faire ? se demanda Mimi, déstabilisée par les piques de ses amies. Je n'ai aucun droit sur cette petite. Je n'ai rien à lui reprocher. Elle me donne satisfaction. Elle est libre d'agir à sa guise. N'est-il pas normal qu'elle intéresse un soupirant ? Mais je ne voudrais pourtant pas qu'elle tombe sur un mauvais numéro. Si c'était le cas, sa vie serait fichue, la pauvrette. Après les lourdes épreuves déjà subies, elle ne s'en remettrait pas. Elle n'a que Louis et moi au monde pour la protéger. Nous prenons notre rôle au sérieux. Je me sens responsable de son avenir.

Louis, réaliste, dit :

— Nous ne connaissons pas ce jeune homme. Pourquoi lui faire un procès d'intention ? C'est injuste. Laissons-le venir. Voyons ce qu'il a dans le ventre. Après, il sera toujours temps d'aviser.

— Tu as raison, Louis, opina Mimi. Je me suis laissé influencer par les voisines. Il est normal que Léa fréquente et qu'elle songe à s'établir. Si ce garçon la dégourdit un peu, il n'en sera pas blâmable pour autant.

— Je ne voudrais pas que Léa finisse vieille fille.

— S'il n'ose pas faire les premiers pas, eh bien, moi, j'irai le voir, ce jeune homme !

— Ne fais tout de même pas l'entremetteuse, ironisa Louis.

— Evite-moi les leçons de morale. Je n'ai en tête que l'intérêt de Léa.

Louis ne répliqua pas. Quand une idée trottait dans la tête de Mimi, elle la suivait jusqu'au bout. Impossible de la faire changer d'avis. Il en prenait sagement son parti. La période de calme et de paix s'achevait. Elle n'aurait duré que quelques mois. Sans la totale disponibilité de Léa, les soucis recommenceraient. Il soupira :

— Je baisse les bras. Je n'ai plus la force de lutter.

Grâce à l'aide de Léa, à son dévouement, les Passedègue avaient amélioré le fonctionnement de la boutique et redressé la situation. Sans être mirobolante, celle-ci n'était plus désespérée. Louis et Mimi Passedègue encaissaient de nouveau des bénéfices. Les sommes récoltées avaient permis d'effectuer les travaux d'embellissement qui s'imposaient, les plus urgents, pour améliorer l'accueil et la gestion du stock. Le départ de Léa marquerait un coup d'arrêt. Il constituerait un handicap difficilement surmontable. Ils ne dénicheraient pas de sitôt une commise de sa valeur, qu'il faudrait initier, former, éduquer. Où trouver l'énergie, la persévérance, la foi ?

Penser à ces tâches ingrates accablait Louis. Leur ampleur le ramenait à sa médiocrité. Du feu circulait violemment dans ses poumons. Il se remettait à tousser, à cracher du sang. Il en venait à considérer cette opinion étrange que la guerre, malgré son horreur, était d'un certain point de vue plus facile à vivre parce qu'elle encadrait chaque individu et ne posait pas ce genre de problèmes. Elle vous exposait à la mort, mais elle vous prenait en charge.

Par un balancement singulier, à la vision pessimiste de l'avenir succédait une vision optimiste. Selon Louis, Mimi allait trop vite en besogne. Elle franchissait des étapes que Léa n'entrevoyait même pas. Elle inventait la vie de sa commise avant même que celle-ci s'y soit engagée. Cette affaire, même pas amorcée, pouvait tourner court à tout instant. Pourquoi se faire de la bile pour des balivernes ? Mimi goûtait cette effervescence artificiellement entretenue qui la détournait de l'ordinaire, cette excitation qui apportait une touche de romantisme dans un tableau uniformément terne.

A supposer que l'idylle entre Antoine et Léa se concrétise, rien n'autorisait à penser que la jeune femme abandonnerait son emploi et négligerait ses bienfaiteurs. Un nouvel équilibre s'établirait sans doute, dans lequel ils auraient leur place. Voilà ce qui se produirait si ces jeunes gens se mettaient en ménage. Peut-être même recevraient-ils d'Antoine une aide supplémentaire. Un homme de plus ne serait pas un homme de trop. Louis gagnerait quelqu'un à qui parler. La compagnie des femmes s'avérait parfois pesante.

Fernande, juchée sur un escabeau, rangeait les pots de confitures préparées pendant l'été. Bien que Raymond fût seul à en consommer, elle s'obstinait à consacrer à cette occupation un temps disproportionné. D'une saison à l'autre, les pots s'entassaient.

Certains remontaient à trois ou quatre ans. Ils occupaient le haut du placard de la cuisine. Ils s'accumulaient sur les étagères du cellier, chacun avec son étiquette sur laquelle les doigts malhabiles de Fernande inscrivaient le nom du fruit et la date de fabrication de la confiture.

Personne ne mangerait toute cette production. Elle aurait dû s'abstenir de confectionner ces monceaux de gelées, de marmelades. Mais, dès que commençait le ramassage des fruits, elle sortait le chaudron de cuivre et les longues cuillères. Elle pelait, épluchait, retirait les pépins, les noyaux, coupait la pulpe en quartiers. Elle ajoutait le sucre, beaucoup de sucre, et surveillait minutieusement la cuisson qui transformait la chair brute en succulence.

Elle se hissait sur la pointe des pieds, tendait le bras pour atteindre la place éloignée où elle rangeait les pots sur deux niveaux. Opération délicate car les récipients étaient fort disparates. De gros bocaux en verre, d'autres en faïence de formes et de volumes divers, contenaient une matière pâteuse rouge, brune, jaune, selon les fruits traités. Elle les répartissait sans ordre. De nouvelles rangées s'ajoutaient selon les périodes. Chaque saison apportait son contingent de fraises, de cerises, de coings, de pommes, d'abricots dont la cuisson embaumait la maison.

Le plus étrange était que Fernande n'aimait pas la confiture. Elle la goûtait, en mangeait peu, prétextant qu'elle faisait grossir à cause de la quantité de sucre. Elle n'avait pas besoin d'accroître ses imposantes rotondités. Non, ce qui lui plaisait, c'était la préparation. Là, elle était à son affaire. Elle donnait sa mesure. Elle s'y livrait de préférence en l'absence de Raymond qui ne supportait pas cette occupation.

« Tu ferais mieux de vaquer à des choses plus utiles que la fabrication de confitures qui n'intéressent personne, grognait-il. Je n'en mets que sur les tartines, au petit déjeuner. Un pot me fait un mois. »

Mais Fernande continuait.

« Ce sont les produits du verger », objectait-elle.

Soudain, elle fit un faux mouvement. Son pied glissa sur la marche de l'escabeau. Déséquilibrée, elle se renversa en arrière et tomba lourdement sur le sol. L'escabeau gisait sur le carrelage, à côté d'un pot en verre brisé d'où s'échappait une marmelade écarlate.

Fernande essaya de se relever. En vain. Une intense douleur irradia le long de sa cuisse. Chaque mouvement lui arrachait un cri. Elle reprit sa respiration, s'efforçant au calme. Plusieurs tentatives n'aboutirent pas. Elle ne pouvait compter sur l'aide de personne. Sigean était absent. Elle ignorait quand il rentrerait.

— Me voilà dans de beaux draps ! s'exclama-t-elle. Je ne vais tout de même pas rester affalée sur le sol en attendant le retour de Raymond.

Elle se mit à ramper. Ses bras ne tiraient pas assez. Son corps trop lourd glissait mal sur le parquet. Elle suffoquait. Il lui fallut un quart d'heure pour progresser de quelques centimètres au prix de douleurs intolérables, à couper le souffle.

Si seulement elle réussissait à atteindre le téléphone ! L'appareil fixé au mur, à mi-hauteur, hors de sa portée, la narguait. Elle commença à s'affoler. Prenant appui sur ses avant-bras, elle essaya en vain de se redresser. Sa jambe lui faisait vraiment trop mal pour insister.

Elle est cassée, pensa-t-elle, il me faut un médecin. Vœu pieux que nul ne pouvait exaucer à cet instant. Le mas des Terres Rouges était isolé en pleine campagne. Et comme Raymond vivait en sauvage, les visiteurs étaient rares.

Fernande retroussa sa jupe. Une large ecchymose maculait sa jambe. D'une entaille au-dessous du genou s'échappait un filet de sang. Elle avait dû heurter l'angle d'une marche en tombant. Elle sortit un mouchoir de sa poche et, par ce moyen dérisoire, comprima la plaie pour éviter l'hémorragie.

La demie de onze heures sonna à l'horloge du salon. Elle avait soif, la gorge sèche. Elle se sentait moulue.

Avec un peu de chance, se dit-elle, Raymond arrivera vers midi.

Il advenait cependant qu'il ne vînt pas déjeuner. Il mangeait dehors, au restaurant, avec des amis. Il ne prévenait même pas. Elle retirait de la table le repas et les couverts intacts.

Fernande, allongée sur le carrelage, ferma les yeux et se détendit lentement. Elle ne pouvait rien faire sinon attendre. Elle s'y résigna, pestant intérieurement contre sa maladresse responsable de l'accident. Elle s'en voulait de s'être laissée aller, de manger trop goulûment, de peser un quintal de graisse impossible à soulever, surtout avec cette blessure à la jambe qui lui faisait souffrir le martyre.

Il était midi passé quand la porte d'entrée s'ouvrit.

Voilà enfin Raymond, se dit-elle, soulagée.

Elle l'appela :

— Monsieur ! Monsieur ! Venez vite ! Je suis très mal.

— Qu'y a-t-il encore ? grommela-t-il en se dirigeant vers la cuisine d'où venait la voix.

Il découvrit Fernande en piteux état.

— Que s'est-il passé ?

— Je suis tombée de l'escabeau.

— Tu devrais faire attention.

— Si vous croyez que je l'ai fait exprès !

Raymond l'examina rapidement. Elle hurlait lorsqu'il effleurait sa jambe. Fernande n'était pourtant pas douillette. C'était donc grave.

— Ne bouge pas. J'appelle le médecin.

Il téléphona aussitôt au docteur Lagarde.

— Viens vite, insista-t-il. Je crains que Fernande ne soit salement amochée.

Le docteur promit de faire de son mieux. Il était en consultation et plusieurs patients se trouvaient dans la salle d'attente.

Jacques Lagarde, originaire de Montpellier, remplaçait depuis maintenant huit ans le docteur Pignol, parti à la retraite. Ce dernier, formé à la vieille école, manifestait un grand scepticisme quant au pouvoir de la médecine. Son principe de base était de laisser faire la nature, comme si rien n'avait évolué depuis François Rabelais. Chose remarquable, ses malades ne mouraient pas plus que ceux de ses confrères. Petit, rondouillard, inlassable causeur, ne refusant jamais de boire la goutte, le bon docteur Pignol était un personnage populaire et respecté, une figure.

Quand Jacques Lagarde s'installa, il hérita d'une clientèle d'habitués formés à des méthodes archaïques qui n'étaient pas les siennes. Il ne connaissait évidemment personne dans le coin et possédait peu de renseignements sur la région. C'était un citadin ignorant les choses de la campagne. Les gens le regardaient avec suspicion. Cet homme d'une trentaine d'années, grand et mince, la chevelure brune menacée d'un début de calvitie, toujours bien mis et portant lunettes, ne leur inspirait guère confiance.

« Le drôle vient prendre nos sous. Sitôt la bourse pleine, il partira, pronostiquaient les plus sceptiques.

— Quel malheur que Pignol ait vendu son cabinet ! soupiraient les uns.

— Et qu'il nous ait vendus par la même occasion », ajoutaient les aigris.

Il avait fallu des trésors de patience et une compétence irréprochable au docteur Lagarde pour vaincre l'hostilité générale et s'imposer. Il y était arrivé. A présent, on ne jurait plus que par lui.

Il arriva aux Terres Rouges vers quinze heures. Raymond avait réussi à allonger Fernande sur le canapé du salon. Elle avait bu de l'eau fraîche et avalé un comprimé d'aspirine totalement inoffensif contre les douleurs intolérables qui vrillaient sa jambe. Le médecin l'examina en détail, hocha la tête d'un air pessimiste.

— C'est grave ? demanda Raymond.

— Oui. Double fracture. Je ne peux pas la soigner ici. Il faut la transporter d'urgence à l'hôpital d'Avignon.

— Je ne veux pas être hospitalisée, protesta Fernande.

Sans écouter ses protestations, le docteur Lagarde déclara :

— J'appelle tout de suite une ambulance.

— Ce sera long ? s'enquit Raymond.

— Environ un mois. Sans compter la rééducation.

— Un mois, c'est épouvantable ! s'exclama Raymond.

Il se demanda comment s'organiser en l'absence de sa bonne. Il se trouvait pour la première fois confronté à une situation de cette nature. Il n'avait pris aucune disposition pour la pallier. L'accident posait un problème qu'il ne savait pas résoudre. Il se compliquait par le fait que, selon les pronostics du docteur Lagarde, Fernande ne reprendrait pas son travail avant au moins un mois.

6

Plusieurs jours s'écoulèrent avant que Sigean n'aille voir Fernande à l'hôpital. En bon égoïste, il se souciait d'abord de son confort. Le tracas du déplacement, même pour une destination aussi proche, le retenait. Il remettait à demain. Avec mauvaise foi, il se trouvait des excuses pour différer. Il détestait les couloirs aseptisés, les chambres ripolinées de blanc, les chromes aux luisances troubles, l'odeur de désinfectant, cette atmosphère de religiosité dont s'entouraient la maladie et les morts. On entrait dans un hôpital comme dans un temple, où l'on retrouvait le silence et le recueillement, des rites et des officiants. Même le parc bien entretenu, avec sa pelouse vert cru et ses arbres feuillus, ne trouvait pas grâce à ses yeux. Tout respirait l'ordre, la propreté, l'efficacité. Il fuyait comme la peste cet univers sobre et froid qui sentait la chair pantelante.

L'absence de sa bonne posait d'importants problèmes qu'il n'arrivait pas à résoudre. Ils révélaient quelle place Fernande occupait dans sa maison. D'ordinaire, il ne la voyait pas. Malgré sa masse, elle se déplaçait à la manière d'une créature transparente. A la faveur de ce stupide accident, il découvrait combien elle comptait. Si cela le surprit, il n'en dit rien. Il garda ses sentiments par-devers lui.

La visite de Raymond ne manifestait pas sa compassion envers Fernande mais plutôt le besoin de vérifier l'état de santé de la patiente auprès des médecins et des infirmières. Il espérait obtenir des précisions sur la durée des soins, les délais de son retour aux Terres Rouges et de la reprise du travail.

Les pronostics du docteur Lagarde se confirmaient. Fernande avait fait une mauvaise chute. Elle souffrait d'une double fracture dont la réduction avait été délicate. La rééducation serait longue et difficile à cause du poids de la patiente et de sa constitution. Le médecin redoutait des complications, une cicatrisation imparfaite.

Raymond consola vaguement Fernande, lui souhaita du courage, et s'éclipsa. Elle répondit dans un vague sourire :

— Ne vous inquiétez pas. J'ai la vie dure. Je serai bientôt sur pied.

Il ne supportait pas l'atmosphère de la chambre commune occupée par cinq autres malades, une vaste pièce tout en longueur équipée de lits à montants d'acier chromé, avec la fiche de température accrochée, et les appareils à perfusion ; sur la table de nuit, des boîtes de comprimés et une carafe d'eau.

Impossible de parler sans être entendu du voisinage. La promiscuité n'épargnait rien des maux endurés. Raymond n'osait pas deviner ce qui se tramait à l'intérieur de ces corps grouillants de bacilles, les symptômes affectant les organes, la chair purulente qui pourrissait lentement. Il songeait avec effroi à sa propre déchéance. Des morts horribles jonchant le champ de bataille, des cadavres enlisés dans la boue avec des postures grotesques de sinistres pantins revinrent hanter sa mémoire.

Cette vision plongea Raymond dans un profond malaise. Il s'enfuit plutôt qu'il ne partit. La vision restait ancrée en lui. Il la transportait quoiqu'il en eût. Elle se dissipa lentement, pareille à une fumée s'élevant dans l'air figé, se diluant en lentes volutes diaphanes, puis s'effaçant progressivement pour ne laisser que le vide du ciel.

Sur le chemin du retour, il se mit à réfléchir à la situation. Si elle se prolongeait au-delà des limites prévues, il devrait aviser. Attendre dans l'impatience le retour de Fernande sans y remédier, inutile d'y songer. Il n'en aurait pas la volonté. Sans doute la reprendrait-il à son service plus tard, après sa guérison. Il hésitait. La conduite de Fernande ne méritait aucun reproche. Elle s'acquittait correctement de sa tâche. Il reconnaissait en elle une domestique efficace, honnête, fidèle, quoique sans tenue ni style.

Envisager de ne pas la licencier rendait la solution plus difficile à trouver. Où dénicher une femme capable de remplacer, pendant une courte période, Fernande, tout en rendant de nouveaux services, dans un champ d'action plus large, une sorte de gouvernante ? Il répugnait à solliciter l'aide du docteur Lagarde et celle du notaire, quoique maître Emile Despérade connût toutes les ressources du pays et qu'il gérât depuis toujours les affaires de la famille Sigean. Il préférait choisir une étrangère non influencée par la région, qui disposerait ainsi d'une grande liberté et ne serait redevable qu'à lui.

Il fallait compter avec la susceptibilité de Fernande. Le jour où elle découvrirait une inconnue dans la place, elle se croirait évincée, éventualité qu'elle redoutait même si elle ne manifestait pas ouvertement ses craintes. Raymond les devinait cependant. Il ne la rassurait pas pour autant. Entamer une discussion avec cette grosse femme revêche, butée et forte en gueule le décourageait par avance. Il recherchait le calme et aucune clause ne l'obligeait à se justifier.

Une idée lui trottait dans la tête depuis plusieurs semaines. Elle avait peu à peu germé après ses retrouvailles avec Louis Passedègue. Au fil des événements, elle se précisait. Au début, elle apparaissait comme une simple fantaisie avec laquelle son esprit jouait. A présent qu'il la considérait avec sérieux, elle devenait un vrai projet dont il examinait les modalités.

Les Passedègue avaient accueilli Léa par charité plus que par nécessité ou intérêt. Elle satisfaisait leurs espoirs en redonnant un élan neuf au commerce. Elle n'en constituait pas moins une charge supplémentaire au-dessus de leurs moyens. L'avenir de la jeune femme s'en trouvait compromis, car la situation financière de ses bienfaiteurs risquait d'empirer malgré la reprise passagère des affaires. Le couple s'était habitué à la commise. Elle représentait l'enfant qu'il n'avait pas eu. La perspective de devoir s'en séparer les inquiétait.

Louis et Mimi s'en ouvrirent auprès de Raymond Sigean.

— Que nous conseilles-tu ? demanda Louis.

— Nous tenons à épargner la petite, précisa Mimi, les yeux embués de larmes. Tu comprends, Raymond, elle ne mérite pas qu'on la laisse tomber. Surtout maintenant.

Raymond hocha pensivement la tête.

— Mettez-moi au courant de l'état de vos affaires. Je ne commettrai pas d'indiscrétion. Après, j'aviserai en connaissance de cause.

— Nous comptons sur toi.

L'accident de Fernande survenait à propos pour concrétiser son fameux projet : convaincre les Passedègue d'accepter que Raymond prît Léa à son service, puis obtenir le consentement de Léa dans un deuxième temps. Sans cela, l'édifice s'écroulait.

La chose serait facile, supputa-t-il, avec l'aide de Louis et Mimi. S'ils adhéraient au projet, ils plaideraient sa cause. Sans doute n'aborderaient-ils pas les problèmes d'argent par pudeur et fierté. Ce n'était pas leur genre. Au nom de l'amitié, Sigean y pensait pour eux. Il réfléchit au moyen de leur accorder un dédommagement financier sans les offenser. Sur ce chapitre, les pauvres s'avèrent souvent plus chatouilleux que les riches.

Antoine Briguetti ne se doutait pas de ce qui se tramait derrière son dos. Il avait abordé Léa et réussi à lui parler. Cette première victoire l'encourageait. Il venait de franchir une étape importante. Il avait emporté le son de la voix de la jeune femme comme un bien précieux. Sa musique l'accompagnait désormais. Elle était chaude, un peu rauque, d'un accent chantant. L'amour magnifiait tout, l'éclat du regard, la lumière du sourire, l'impertinence d'une fossette. Il la trouvait irrésistible.

Son patron, Firmin Duval, remarqua le manque d'entrain inhabituel de son ouvrier et son air rêveur. Il le houspilla :

— Que se passe-t-il ? Je t'observe depuis quelques jours. Tu as la tête ailleurs, mon garçon. Tu n'as pas encore commis de bêtise, mais je sens que ça va venir. Tu es malade ?

— Non, je vais bien.

— Tu en es sûr ?

— Puisque je vous le dis !

Firmin Duval coula vers Antoine un regard soupçonneux.

— Aïe ! aïe ! Tu ne serais pas en train de nous couver une grosse maladie d'amour, toi ?

Antoine ne répondit pas. Ses joues s'empourprèrent. Il fit mine de se concentrer sur le va-et-vient de sa varlope, le jaillissement blond des copeaux et de la sciure tombant sur le sol de l'atelier.

— Enfin, soupira le patron, c'est de ton âge, mon garçon, mais que ton travail ne s'en ressente pas. Je connais la vie. Quand le cœur bat trop fort, on a la tête buissonnière.

Antoine se redressa. Des copeaux glissèrent de sa salopette et de ses cheveux où certains restèrent accrochés. Il bredouilla :

— Je vous assure…

— Attention de ne pas donner un coup de rabot de travers, coupa Firmin Duval en haussant les épaules.

Au fond, Firmin n'était pas un mauvais bougre. Il surveillait ses ouvriers de près. Il avait l'œil sur eux. Il ne leur passait rien, dans leur intérêt. Il aimait la belle ouvrage et souhaitait former des compagnons hors pair.

Après le boulot, Antoine alla au bar des Halles, où il avait ses habitudes. Il commanda un Picon et se roula une cigarette. Il fuma paisiblement en pensant à l'avenir. Il se félicitait d'avoir choisi le noble métier d'ébéniste et de travailler chez un artisan d'excellente réputation. Il avait le sentiment d'appartenir à une aristocratie ouvrière. Beaucoup de camarades, ouvriers spécialisés dans les mines et les usines, n'étaient plus maîtres de leur ouvrage. Ils se réduisaient à de modestes rouages prisonniers d'un immense système sur lequel ils n'avaient pas prise. Leur responsabilité s'exerçait dans des limites très étroites. L'anonymat les étouffait. Tel n'était pas son cas.

Deux ans auparavant, la Bourse de Wall Street s'était effondrée. Les spéculateurs, pris de panique, avaient bradé leurs actions qui chutaient à toute allure. On avait baptisé cette catastrophe financière le « jeudi noir ». Antoine se souvenait des gros titres lus dans *Le Petit Marseillais*. Il ne comprenait pas grand-chose aux affaires d'argent, à ces mouvements de capitaux vertigineux. Il apprenait seulement avec angoisse que le krach était grave, lourd de conséquences, et que la France, atteinte à son tour par l'onde de choc, en pâtissait.

Le nombre des chômeurs augmentait. Des entreprises fermaient. Des propos alarmistes couraient à propos de menaces pesant sur la paix. Antoine n'y croyait guère. L'économie le préoccupait davantage que la politique. L'important était ce qu'il avait dans le porte-monnaie. La Chambre des députés, en prévision d'un éventuel conflit, avait approuvé la construction de la ligne Maginot. Ce dispositif de défense nous protégerait de toute tentative d'invasion à l'est. Du moins les généraux l'affirmaient-ils. Pourquoi douter de leur parole ? Eux seuls avaient qualité pour juguler le péril.

Antoine n'avait pas d'opinion bien tranchée sur ces questions. Il laissait à d'autres le soin d'en débattre, par exemple ses amis communistes qui, ayant sur tout des idées bien arrêtées, se mobilisaient pour les promouvoir. Ils participaient à des défilés, à des meetings, distribuaient des tracts. Lui ne songeait qu'à mener une vie tranquille, avoir un bon boulot, fonder une famille.

S'il remuait aujourd'hui tout cela dans sa tête en essayant d'y mettre de l'ordre, c'était parce qu'il songeait à Léa. Il venait de trouver la fille qu'il lui fallait. Il imaginait la vie auprès d'elle, comment ils s'aimeraient, comment ils s'organiseraient. Elle était sa chance. Il ne la laisserait pas s'échapper.

Une main se posa sur son épaule :

— Oh ! Antoine, tu as l'air perdu dans tes pensées.

Antoine reconnut son ami Marcel, le garçon boucher, qui travaillait à la grande boucherie Boudirac et fils, sise place des Halles. Un magasin réputé qui ne désemplissait pas. Une vingtaine d'employés s'affairaient du matin au soir à tailler dans la viande, sous la férule du père Boudirac. Madame Boudirac, rivée à la caisse, exerçait une surveillance discrète sans cesser de vérifier la monnaie.

Marcel et Antoine avaient le même âge. Travaillant dans le même quartier, ils avaient sympathisé. Ils s'étaient rencontrés au bar des Halles. Ils avaient bu deux ou trois verres ensemble, en échangeant des banalités. Depuis, ils s'y retrouvaient régulièrement. De jeunes types les rejoignaient parfois qui partageaient leurs préoccupations.

Marcel vivait avec une modiste de la rue de Rome. Ce qui lui attirait, de la part de collègues peu futés, cette plaisanterie douteuse devenue rituelle : « Tu l'as épousée parce que tu travaillais du chapeau, pardi ! »

De gras éclats de rire suivaient. Marcel haussait les épaules. Il encaissait sans se rebiffer. Il connaissait son monde. Ses amis n'agissaient pas par méchanceté. Lui-même cédait parfois à ce genre d'humour à ras de terre.

Au sujet de Léa, Marcel était le seul dans la confidence.

— Alors, demanda-t-il en s'asseyant à la table d'Antoine, où en es-tu de tes amours ?

— Je progresse.

— L'as-tu embrassée ?

— Pas encore.

— Qu'attends-tu ?

— Je ne la connais pas assez. Je ne sais pas si...

— Tu manques de hardiesse, Antoine. Mieux vaut ne pas être timide avec les filles.

— Que veux-tu, c'est dans ma nature.

— Eh bien, fais-toi violence ! Crois-en mon expérience, si tu tergiverses, elle te glissera entre les doigts. Un autre pêchera la girelle à ta place.

Le mouvement de la rue l'absorba un instant.

— Attends qu'elle sorte de la boutique, reprit-il. Suis-la. Etourdis-la de paroles. Fais-la rire, elles adorent ça.

— Je ne suis pas drôle, observa tristement Antoine.

Marcel appela le garçon, commanda un Picon.

— Tu en veux un autre ?

— Non, fit Antoine.

Il aimait cette boisson amère à base d'écorce d'orange. Les fruits, une fois pelés, étaient remis sur le marché où, sous le nom de *picons*, on les vendait à vil prix. Ils se présentaient sous une pellicule de peau jaunâtre qui durcissait en séchant. Sous cette protection, la pulpe demeurait intacte, juteuse et sucrée.

Marcel but une gorgée d'apéritif et reprit :

— Voilà ce que je te propose. Nous guettons ensemble le moment où Léa sortira de la boutique. Nous l'abordons. Elle ne s'effarouchera pas puisque maintenant elle te connaît. Nous faisons un bout de chemin ensemble. Nous discutons. Si ça se trouve, elle n'attend qu'un geste de toi, un mot. Quand vous serez bien en train, je m'éclipse. Je vous laisse seuls. Le tour est joué.

— Tu en parles à ton aise !

— D'accord ? Que risques-tu ? Après, tu l'invites au bal de samedi soir, au salon Bergame. Il y a toujours beaucoup d'ambiance. L'orchestre te met des fourmis dans les jambes. Moi, j'y serai avec Claudine. Elles feront connaissance. Claudine est une fille épatante. Sa présence te facilitera les choses.

La stratégie du garçon boucher séduisit Antoine. Il ne balança guère avant d'accepter. Dès cet instant, l'impression le gagna qu'il entamait une aventure exaltante dont il ignorait l'issue mais qu'il imaginait conforme à ses désirs. Il supposait n'être pas indifférent à Léa. Elle se prêterait au jeu. Il la serrerait bientôt contre son cœur. Ils vivraient intensément les heures merveilleuses à venir. Ils deviendraient vite inséparables. Une nouvelle vie commençait.

7

Les voyageurs qui parcouraient la Provence s'extasiaient de découvrir tant de beauté. Ils comprenaient pourquoi la réputation de cette région s'étendait bien au-delà de ses limites. Ils s'étonnaient de l'extrême variété des sites qui, tout en manifestant une incontestable unité, cultivaient des différences affirmées. Il suffisait de passer une crête, de franchir une rivière, et l'on se retrouvait ailleurs, face à de nouvelles splendeurs qu'on ne soupçonnait pas.

D'un pays d'amandiers, on pénétrait dans de riches vergers, on traversait des olivaies empreintes de mystère, on entrait dans des pinèdes crissantes de cigales, on suivait des rangées de vignes. Partout le même plaisir les attendait. Ils ne pouvaient soupçonner la présence de la laideur et du mal sur cette terre bénie des dieux. Ils existaient pourtant, cachés dans quelque recoin, dissimulés derrière le paravent de la lumière.

Sur cette terre conçue pour le bonheur, on se disputait âprement le passage d'un chemin, le respect d'une servitude. On entretenait des haines implacables pour s'approprier un lopin. On pouvait tuer pour la possession d'une source ou d'un puits. La beauté enfantait le mal comme le crépuscule l'ombre, comme dans les légendes noires un monstre sortait du ventre d'une femme.

Tous les villages avaient leur simple d'esprit, leur *fada* habité par les fées. Il se promenait en liberté aux yeux de tout le monde, le « fou » inoffensif et respecté. On s'en moquait volontiers, tout en l'aimant bien. C'était une sorte de mascotte.

Dans l'obscurité et l'anonymat vivait son pendant redoutable, l'incarnation du mal, tantôt sorcier, tantôt mauvais génie attaché à nuire, voire suppôt de Satan. Il mitonnait ses poisons et ses potions vénéneuses dans le secret de son antre. Les superstitions, engrangées au fil des siècles par l'imagination apeurée des hommes, décuplaient ses pouvoirs. En fait, il était redoutable parce qu'on le redoutait. Son influence maléfique était d'origine mentale. Il tirait sa puissance de la crédulité et de la superstition.

Modeste Picone appartenait à cette espèce nuisible. Il trouvait à haïr des raisons de vivre. Il n'en manquait pas. La faiblesse de ses concitoyens les lui procurait. Il n'avait guère à se déplacer pour exercer son commerce. Tous venaient à lui par des chemins détournés, innocents et fascinés, aimantés par la séduction noire émanant de sa personne. Satan n'était pas la créature horrible qu'on peignait d'ordinaire, sinon parviendrait-il jamais à ses fins ? Privé de charme, il n'arracherait jamais une âme des mains de Dieu. Il se devait d'avoir de la séduction, de posséder des appas efficaces. Ainsi Modeste Picone n'était-il ni bossu ni contrefait, mais garçon avenant à l'honnête visage.

Il n'avait pas toujours incarné le rôle du méchant. Au début, ses actes malfaisants secouaient encore sa conscience. Cela gâchait son plaisir. L'inconvénient s'était estompé au fur et à mesure de la pratique, laissant place à une joie aigre et terrible. D'incoercibles rires, soufflés par le démon, secouaient sa carcasse quand le succès couronnait ses manigances.

Maintenant qu'on le reconnaissait pour ce qu'il était, on se détournait sur son passage. On évitait d'avoir affaire à lui. Certains assuraient avoir vu ses yeux tourner dans leurs orbites et briller comme des escarboucles, ses lèvres se retrousser sur ses dents comme les babines d'un loup. Main sur le cœur, ils garantissaient le phénomène.

« Allons ! tempêtait le docteur Langlade, ne croyez pas à ces sottises ! Ce sont des terreurs de bonnes femmes.

— Je vous assure, je l'ai vu de mes propres yeux, persistait l'interlocuteur.

— N'aviez-vous pas trop tutoyé la chopine ?

— Le pouvoir de Picone échappe à votre science. Il vous arrivera malheur.

— Bon, soulevez votre chemise, que je vous ausculte. »

Langlade, inébranlable cartésien, n'admettait pas qu'en ces années trente la campagne demeurât encore sous l'empire de superstitions séculaires. Il les combattait à chaque occasion, non sans prendre quelques précautions pour ménager la clientèle. Même s'il jouissait d'un quasi-monopole dans le pays, les mécontents pouvaient lui nuire et salir sa réputation, le mettre en difficulté. Son prédécesseur, le bon docteur Pignol, se conduisait de façon moins catégorique. Les paysans évoquaient souvent, avec une amicale nostalgie, cet homme si proche d'eux.

Modeste Picone se flattait de connaître les hommes, de savoir quels ressorts les faisaient agir. Il flairait leurs faiblesses, devinait leurs failles. Sa conviction était faite : il n'existait pas d'innocents. Chacun avait quelque chose à se reprocher dans le secret de son âme. Picone eût fait un juge d'une intransigeance totale du temps de l'Inquisition. Dans les cachots où l'on infligeait la question, il eût donné la mesure de sa science. Il percevait le plus infime défaut de la cuirasse et y portait la pointe sans hésiter, là où il fallait frapper.

Seuls le malheur, la plus terrible détresse pouvaient sinon justifier, du moins expliquer cette cruauté. L'intelligence ne la pouvait attribuer à la nature. C'eût été une injure au genre humain. Personne ne savait quoi que ce soit de précis sur le passé de Modeste Picone. Outre qu'on évitait sa compagnie, il répugnait à la confidence. Rien de ce qui le concernait intimement ne sortait de sa bouche. Il n'avait pas de véritable ami. Si, par merveille, on avait pu pénétrer dans son crâne, fouiller jusqu'au tréfonds de son âme noire, eût-on découvert de quoi satisfaire la curiosité, de quoi connaître sa véritable personnalité ?

Un drame entachait la vie de Modeste, un drame irréversible qui l'avait marqué au fer rouge, une plaie ouverte dont le pus nourrissait sa haine. Vers sa treizième année, la foudre s'était abattue sur lui. Elle avait consumé de son souffle brûlant le meilleur de son être. On ne le voyait pas mais, à l'intérieur, ne subsistait qu'un arbre mort, tout noir.

Il devait la révélation à sa mère, Sabine, qui eût mieux fait de se taire. Depuis ce jour funeste, il regardait Raymond Sigean d'un autre œil. Chaque rencontre le mettait au défi. Son désir de vengeance s'étendait à toute la communauté. Sa haine de Raymond était si forte qu'elle englobait tous ceux qui l'approchaient.

Modeste Picone portait le nom de sa mère. A sa naissance, les infortunées qui s'étaient laissé séduire, désignées par l'expression étrange de « filles mères », vivaient au ban de la société. Ce ne pouvaient être que des garces, des dévergondées, des putes. Elles avaient fauté. Les bien-pensants ne le leur pardonnaient pas. Elles devaient chèrement payer.

Or, Modeste avait un père dont Sabine lui cacha longtemps l'identité, jusqu'au moment où, exténuée par les travaux et les privations, atteinte d'une grave maladie qu'elle n'avait pas les moyens de soigner, se sentant proche de la fin, elle se décida à parler.

Elle dit :

« Mon fils, il est temps que tu connaisses la vérité sur tes origines. »

Il la regardait avec une vive inquiétude. Pourquoi parlait-elle ? Pourquoi remuer le passé maintenant ?

« Ton père n'est pas mort. Il n'a pas disparu. Ce n'était pas un inconnu de passage dans notre village, comme je l'ai prétendu.

— Je ne veux pas savoir ! s'écria-t-il. A quoi cela servirait ?

— Tu dois écouter, mon fils. Après, il sera trop tard. »

Elle regardait au-dessus de sa tête, fixant un point invisible auquel elle semblait s'adresser. L'aveu tardait à venir. Un vautour battait des ailes, prêt à déchirer du bec les souvenirs de Sabine, et l'ombre de ses rémiges largement déployées unissait la mère et le fils.

« Toute jeune, j'ai été employée chez les Sigean. En ce temps-là, j'étais fraîche et jolie. Naïve, aussi. J'avais quinze ans. A la ferme, on traitait mieux les animaux que les domestiques. Le maître tout-puissant pouvait tout exiger. Il fallait bien obéir pour garder sa place, gagner son pain.

— Je ne vois pas où tu veux en venir, maman. Qu'ai-je à faire des Sigean ?

— Raymond et toi êtes du même père. »

Elle raconta alors ce qui s'était passé, sa grossesse, sa fuite, les travaux ingrats, le manque d'argent, le mépris. Elle avait commencé à parler avec difficulté, en s'arrachant les mots de la gorge. A présent, ça coulait de sa bouche, un flot ininterrompu de paroles. On avait ouvert la bonde et la confession jaillissait de ses lèvres, impossible à endiguer, à contrôler.

Médusé, secoué jusqu'au tréfonds de son être par cette révélation, il la regardait, incapable d'émettre un son.

Quand elle s'arrêta, elle s'effondra sur la table de la cuisine. Des frissons l'agitèrent. Elle pleurait.

Modeste resta un moment sans bouger. Puis, brusquement, il sortit en claquant la porte. Il se mit à marcher d'un pas nerveux, le visage buté, les mâchoires crispées sur sa douleur, les poings serrés. Dans sa tête, un remue-ménage d'idées. Il marcha tout droit, comme habité par une furie qui décidait à sa place. Il parcourut des kilomètres sans se calmer.

Il rentra tard, exténué. Sa mère attendait son retour. Il passa devant elle sans un geste, s'enferma dans sa chambre. La tête enfouie dans les draps, il pleura de rage et de désespoir. Tandis que les larmes coulaient, une étrange force montait en lui, une énergie terrible. Il se sentit de taille à battre des montagnes. Celle qui se dressait devant lui avait un nom, un visage. C'était le domaine des Sigean.

Le mas des Terres Rouges semblait abandonné. Les fenêtres étaient fermées. Un pesant silence enveloppait la bâtisse. En cette fin de journée, dressée comme une masse impressionnante dans l'air obscurci, elle avait un aspect rébarbatif. Pour beaucoup de villageois, la maison ancestrale des Sigean demeurait une énigme. On prétendait qu'à une certaine époque la famille s'était entre-déchirée. On n'en connaissait pas la raison. La politique ou l'argent, peut-être les deux.

Le chien Brutus tirait sur sa chaîne en grondant. C'était un énorme bâtard noir de poil, plus féroce qu'un fauve, capable d'égorger un intrus d'un coup de dents sur l'ordre de son maître. Ce remarquable gardien tenait les rôdeurs à distance. Il retroussait les babines sur ses crocs en grognant. Le spectacle de cette fureur prête à bondir suffisait à dissuader quiconque venait avec de mauvaises intentions.

Le docteur Lagarde n'était jamais rassuré en passant à proximité du molosse. Celui-ci le reconnaissait pourtant à son odeur. Il flairait un familier, un ami de son maître, et rentrait dans sa niche. Il restait vigilant, mais ne lui aurait fait aucun mal.

Le docteur Lagarde s'avança. Le chien se coucha devant sa niche en émettant un gémissement et secoua la queue.

— Raymond ! Raymond ! Tu es là ?

Pas de réponse. Il attendit un moment. Comme il s'apprêtait à partir, il entendit un bruit de pas sur le chemin qui débouchait de la forêt. Il reconnut Raymond. Celui-ci, en l'apercevant, leva le bras et lança un « Salut ! » retentissant.

— Je suis venu te donner des nouvelles de

Fernande, dit le docteur. Je suis passé à l'hôpital, ce matin.

— Entre. Comment va-t-elle ?

— Elle cicatrise bien.

— Justement, j'ai du vin d'orange préparé par Fernande. Tu en veux ?

— Oui. Je suppose que, dans une semaine, elle commencera la rééducation.

— Ils la gardent à l'hôpital ?

— Non. Elle devra aller dans un service spécialisé.

— Ah ! J'aurais préféré l'hôpital. Je connais. La rééducation, ça va coûter combien ?

— Cher. Tu es prêt à débourser la somme nécessaire ?

— Je ne vais pas fabriquer une estropiée par pingrerie.

— Tu es généreux, Raymond.

— Oh ! pas tant que ça. J'ai surtout besoin d'elle. Tout seul, je ne m'en sors pas.

— A ce sujet, tu m'avais dit que tu avais des projets.

— C'est exact.

— Tu ne veux pas m'en dire davantage ?

Raymond hésita, fit mine de s'absorber dans la dégustation du vin d'orange.

— C'est une fille que j'ai rencontrée à Marseille. J'ai des visées sur elle.

— Qu'entends-tu par là ?

— J'hésite. Ce n'est pas très clair dans ma tête. Je ne sais pas quoi décider.

— Elle te plaît ?

— Là n'est pas la question.

— Si tu n'es pas amoureux de cette fille, je ne comprends pas.

— Elle peut m'être utile.

— Tout en t'étant agréable, compléta Lagarde avec un sourire entendu.

Raymond pinça les lèvres.

— Je retourne à Marseille lundi.

— Et pour Fernande ?

— Tais-toi. Laisse-la en dehors de cette affaire. Elle ne sait rien et n'a pas besoin de savoir.

La musique magnifiait la grande salle somme toute ordinaire et sans grâce où tournaient des couples enlacés. Les lustres à facettes dispersaient des éclats de lumière. L'air sentait le tabac, l'alcool, la sueur et la poussière, parfois un parfum de femme. L'ensemble suffisait à griser les danseurs évoluant sur la piste, au milieu des consommateurs qui les regardaient en tirant sur leur cigarette ou en sirotant des boissons fortes.

Les gens huppés, les fêtards professionnels ne fréquentaient pas ce dancing populaire. Il attirait la jeunesse pauvre, des ouvriers, des petits employés, de modestes artisans et commerçants qui venaient oublier les soucis quotidiens. Ils se contentaient de peu mais ce peu, ils l'attendaient toute la semaine. L'enseigne du dancing brillait comme un phare vers lequel ils se dirigeaient sans crainte des récifs, de plus en plus fébriles à mesure qu'ils s'approchaient de ce paradis de pacotille.

Léa tournait aux bras de son cavalier qui enserraient fermement sa taille. Le rythme de la valse la soulevait. Elle flottait dans un nuage. Les yeux mi-clos, elle savourait ces minutes intenses. Antoine la serrait contre lui avec émotion. Il sentait sa joue contre la sienne. Elle était d'une grande douceur et sa chaleur se diffusait à travers tout son corps. Le contact de son ventre augmentait son émoi sans que la jeune femme s'éloignât. Une connivence instinctive les unissait. Léa s'abandonnait avec une docilité qui la surprenait. Elle ne se reconnaissait pas. C'était comme si elle ne possédait plus aucune défense pour s'opposer à l'attrait d'Antoine. Où cela la conduirait-il ? Elle vivait intensément le présent sans se poser la question.

Antoine se félicitait d'avoir osé inviter Léa au bal. Il ne croyait pas qu'elle accepterait, mais elle l'avait fait. Peut-être la présence de Marcel et Claudine l'avait-elle influencée. Peut-être avait-elle pensé que cette compagnie suffisait à éloigner le danger. Marcel était sympathique et parlait beaucoup. Claudine était une jolie petite blonde frisée, aux yeux bleus. Elle souriait tout le temps et riait volontiers. Marcel décréta que tous les quatre seraient désormais inséparables. Léa ne le contredit pas. Cela était si nouveau, si inattendu, si loin de ce qu'elle vivait d'ordinaire qu'elle redoutait de prononcer une parole qui détruirait le fragile édifice de l'amitié naissante.

Par politesse, Léa accepta de danser avec Marcel, tandis qu'Antoine entraînait Claudine sur la piste. Elle le vit avec irritation enlacer la jeune modiste. Aussi, sitôt que l'orchestre cessa de jouer, elle rejoignit Antoine. Ils firent toutes les danses, le fox-trot, la rumba, la valse, le charleston, le slow.

La soirée s'achevait quand enfin Antoine s'enhardit à l'embrasser. Il s'attendait à une rebuffade qui ne vint pas. Au contraire, elle tendit ses lèvres et lui rendit son baiser avec ardeur.

8

— Je n'arrive plus à joindre les deux bouts, se plaignit Passedègue. Nous avons eu plusieurs mois d'embellie. J'espérais que ça durerait. Mais tout augmente et, dans le même temps, les affaires périclitent.

— Réagis ! conseilla Raymond Sigean. Dis-toi que tu n'es pas seul dans cette situation. Tout le monde rencontre des difficultés. Certains s'en sortent. Pourquoi pas toi ?

— Je n'ai plus la force. Mimi n'est guère vaillante. Elle n'a jamais eu beaucoup de santé.

— Vous avez Léa.

— Oui. Cette petite est bien méritante. Elle nous aide de son mieux, sans ménager sa peine. Je n'ai rien à lui reprocher. Au contraire, c'est à moi que je fais des reproches. Trois bouches à nourrir, un salaire, c'est trop. Je ne tiendrai pas longtemps.

— Pourquoi ne pas la licencier ? Rien ne t'oblige à

la garder si tu n'en as pas les moyens, fit Raymond avec réalisme.

— Qui fera le travail ? répondit Passedègue, accablé.

Mimi, qui arrivait de la cuisine avec un plat fumant, avait entendu leurs dernières répliques.

— Nous n'avons pas recueilli Léa pour la remettre à la rue, intervint-elle. Ce ne serait pas humain. Tant que nous aurons un morceau de pain à partager…

— Tu en parles à ton aise ! s'exclama Passedègue.

— Je dis ce que je pense.

— Madame a-t-elle une autre solution à proposer ?

Mimi ne répondit pas. Un lourd silence s'appesantit sur la pièce. Le regard de Raymond passait de l'un à l'autre. Le couple se chamaillait quelquefois mais la brouille ne durait jamais.

— Moi aussi, reprit Passedègue, je suis attaché à Léa. Je n'envisage pas de la renvoyer de gaieté de cœur.

— Il faudrait lui trouver un autre emploi, soupira Mimi. Nous lui devons bien ça.

Raymond réfléchissait tout en suivant leurs propos. Il agitait mille idées dans sa tête depuis plusieurs semaines. Il s'agissait de les trier, de retenir les meilleures, les plus efficaces, celles qui s'avéraient réalisables sans léser personne.

— J'ai peut-être la solution, dit-il.

— Laquelle ? demanda Passedègue, dubitatif.

— C'est un peu délicat. J'ignore si ce sera possible, hésita Raymond.

— Dis toujours.

— La solution dépend beaucoup de Léa.

— En quoi cela la regarde-t-il ? Nous ne la tenons pas au courant de nos affaires, intervint Mimi.

— Je t'écoute, dit simplement Passedègue.

Raymond les considéra tour à tour comme pour jauger leurs dispositions. Il jugea le moment opportun. De toute façon, il en avait déjà trop dit. Il ne pouvait plus reculer.

— Voilà, commença-t-il, j'ai une grande maison. Je dois m'occuper de nombreuses affaires. Je suis souvent absent.

— Cela te concerne, pas nous. Que vient faire Léa là-dedans ? insista Mimi qui ne voyait pas où il voulait en venir.

— Patience, j'y arrive. Fernande, que j'ai à mon service depuis plusieurs années, est parfaite pour les gros travaux. C'est une bête de somme. Pour le fignolage, ça laisse à désirer. Un train de maison se gère correctement avec des qualités qu'elle ne possède pas. Je ne veux plus me contenter d'à-peu-près. J'ai besoin d'une gouvernante qui s'occuperait de tout, en qui j'aurais entière confiance, les grosses tâches restant, bien entendu, assurées par Fernande. Dans ce domaine, elle donne satisfaction. Au-delà, impossible de compter sur elle. Elle manque d'intelligence, de finesse, de goût.

— Penses-tu sérieusement que Léa ferait l'affaire ? s'étonna Passedègue.

Mimi se taisait, dubitative.

— Je l'ai observée. J'ai l'œil. Elle a les qualités requises.

— J'espère que tu ne te trompes pas.

— Ne lui avez-vous pas fait confiance ? Ne vous a-t-elle pas donné satisfaction ?

— Certes. Mais ce que tu proposes sera nouveau pour elle.

— Bah ! Elle s'adaptera.

— Elle devra quitter Marseille. Léa n'a jamais voyagé.

— C'est l'occasion. Le Luberon n'est pas loin de Marseille. Je fais régulièrement le trajet.

— Tu as réponse à tout, Raymond. Quand tu veux quelque chose, tu l'as.

Mimi s'absenta quelques instants à la cuisine. Quand elle revint, devant les deux hommes, les verres et la bouteille étaient vides.

— Ne comptez pas sur moi pour en apporter une pleine, grommela-t-elle.

— Nous avons encore soif, protesta Passedègue.

— Pas une goutte de plus. Vous avez assez bu.

— L'alcool délie les langues, plaida Passedègue.

La sienne était pâteuse. Sa femme haussa les épaules avec agacement. Depuis la guerre, il s'adonnait à la boisson, noyait ses souvenirs et ses rancœurs dans le vin.

— Où en êtes-vous de vos discussions ?

— Raymond a une proposition sérieuse à nous faire.

— Ma foi ! si c'est la solution à nos problèmes et si chacun y trouve son compte, c'est à voir.

— C'est le cas.

— Il propose de prendre Léa à son service, dit Passedègue.

— Rassurez-vous, Mimi, dit Raymond avec un fin sourire, je l'embaucherais comme gouvernante.

— Gouvernante ? Mazette ! Est-elle capable d'assumer de telles responsabilités, la petite ?

— Faisons-lui confiance. Je la formerai si c'est nécessaire. J'ai déjà la grosse Fernande à mon service.

— Cette bêtasse ne vous suffit plus ?

— Vous en jugez. Elle l'épaulera. J'espère qu'elles s'entendront bien. J'y veillerai.

— Bon, coupa Passedègue. Il faut consulter Léa. Elle a son mot à dire. Rien ne se fera sans son assentiment.

— Je me proposais de lui parler, fit Raymond.

— Non, c'est à nous de le faire. Elle écoutera nos conseils.

Modeste Picone vouait à Raymond une haine implacable. Il ne tenait pas à ce qu'il fût au courant de leurs liens familiaux. Il resterait le demi-frère inconnu, le double caché. Il préférait agir dans l'ombre et dans le secret. Aucun papier officiel ne justifiait de sa filiation. Le père Sigean ne l'avait pas reconnu. Le vieux ne s'embarrassait pas de scrupules. Sans doute avait-il semé d'autres bâtards sur sa route sans jamais leur accorder la moindre attention. Le secret avait été bien gardé, sa mère le lui ayant confié lorsqu'elle ne pouvait plus faire autrement. Il pensait parfois qu'elle aurait mieux fait de se taire car, du jour au lendemain, il s'était retrouvé avec un ennemi. Sa vie en avait été changée. Il était entré dans un enfer dont il ne sortirait pas. Ce qu'il souffrait, son demi-frère devait le souffrir à son tour, si possible davantage.

Modeste s'y ingéniait. Il propageait des rumeurs tendant à saper la réputation de Raymond, fournissait des informations à ses rivaux, donnait des armes à ses partenaires. Il stimulait l'envie, la jalousie. Il semait la haine dans les cœurs. Comme il était au courant de tout dans la contrée, on ne sait par quels moyens, il ne manquait pas de ressources. Quand il croisait Raymond dans la rue, il le foudroyait du regard. Il regrettait de n'avoir pas le pouvoir de le réduire en cendres.

Raymond, qui connaissait la mauvaise réputation de Modeste, ne lui accordait pas le moindre intérêt. Il passait sans le voir. Ces signes de mépris laissaient Picone de marbre. Il attendait son heure. Sûr de son fait, le diable est patient. Le bien s'use plus vite que le mal parce qu'il est tendre. Modeste Picone se savait détesté de tout le monde. Il faisait peur. Les gens avaient cependant besoin de lui et le sollicitaient en cas de coup dur. Il était bon rebouteux et connaissait les secrets des plantes.

A l'annonce de l'accident de Fernande, il s'était réjoui. Il découvrait la première fissure dans la maison

Sigean. Elle allait se prolonger, s'ouvrir, grandir. Il n'en voulait pas personnellement à Fernande, mais elle appartenait au clan de Raymond et méritait pour cela d'être punie. Dans sa cave, Modeste Picone touillait des potions aux pouvoirs mystérieux. Il proférait des anathèmes, attirait la foudre par des abracadabras. Il perçait des poupées avec des aiguilles pour jeter le mauvais sort.

Ah, qu'il eût aimé voir Raymond se tordre de douleur dans des supplices occultes, périr d'un mal terrible et inconnu ! Il avait beau mobiliser toute son énergie et toute sa science, ce n'était pas encore le cas. Mais il s'obstinait, convaincu que son heure sonnerait et que sa vengeance serait totale.

Alors, il fit une chose étrange. Il se rendit à l'hôpital d'Avignon pour voir la grosse Fernande. L'infirmière en chef l'informa que celle-ci avait quitté l'établissement et suivait une rééducation à Montfavet. Elle consentit à lui communiquer l'adresse. Il trouva l'endroit, demanda à voir la patiente. Le kiné ne s'y opposa pas.

— Elle ne voit jamais personne, dit-il. C'est très mauvais pour le moral. Votre visite lui fera du bien.

— Je le souhaite, fit Modeste hypocritement.

Il trouva Fernande dans le parc, assise dans un fauteuil, la jambe étendue devant elle. Il commença par des formules de réconfort qui dissipèrent sa méfiance. Quand il l'estima à point, il inocula son venin. Il prononça des phrases allant dans le sens qui tourmentait la pauvre femme. Il lui fit entrevoir un avenir menaçant dans lequel Raymond Sigean tenait le mauvais rôle. Il profiterait de son handicap pour la licencier. Il la mettrait à la porte d'un coup de pied, comme un chien. Elle s'en irait sans un sou.

Lorsque Modeste partit, Fernande avait le moral à zéro et mûrissait la plus grande animosité à l'encontre de son patron. De toute évidence, Raymond l'exploitait et la méprisait depuis le début. Modeste se frottait les mains. Il avait vu combien son discours influençait Fernande. Il allait se servir d'elle comme d'un invisible levier pour soulever la maison Sigean et la faire basculer dans le chaos.

Raymond Sigean logeait sur la Corniche, à l'hôtel Perron. De la fenêtre de sa chambre, il voyait la côte rocheuse, le château d'If, l'archipel du Frioul. De temps en temps retentissait la sirène d'un navire en partance. La nuit, il regardait s'enfoncer dans les ténèbres la masse ombreuse d'un paquebot de la compagnie Paquet ou des Transports maritimes, avec ses rangées régulières de hublots éclairés. Il se prenait à rêver de voyages, de croisières au long cours. Derrière ces hublots, des inconnus vivaient. Il y avait des drames et des amours. Des officiers regagnaient leur garnison, des fonctionnaires leur poste. De riches oisifs blasés promenaient leur paresse et leur mélancolie sur le pont des premières classes. Des âmes perdues fuyaient la France qui les avait mal aimées dans l'espoir de recommencer ailleurs, en Afrique, en

Asie, une nouvelle vie. Ah, qu'il était loin d'Apt et de Roussillon !

Ces moments ne duraient pas. Raymond recouvrait ses esprits et se consacrait à des pensées plus sérieuses. C'était un matérialiste pragmatique. Il ne se laissait pas abuser par les songes creux. Le projet soumis aux Passedègue le préoccupait. Ses arguments avaient conquis ses amis. Ils en avaient compris le bien-fondé. Mais il ignorait encore comment Léa réagirait. En définitive, tout dépendait d'elle.

Il s'était forgé une opinion favorable sans la connaître vraiment. Sa principale source de renseignements était ses amis Passedègue, qui ne tarissaient pas d'éloges à son sujet. Des rares échanges qu'il avait eus avec elle, il ressortait qu'elle n'était point sotte. Elle savait réfléchir. Le travail ne l'effrayait pas. Grâce à ses efforts, la boutique renaissait. Elle semblait dévouée, très attachée à ses patrons. Ceux-ci la croyaient chaste et de bonnes mœurs.

Cependant, Léa avait longtemps vécu dans la rue, où il fallait se battre, affronter les dangers. Raymond, moins naïf que les Passedègue, n'imaginait pas qu'elle ait pu rester intacte, même si elle donnait le change avec une habileté évidente. Il ne lui déplaisait pas qu'elle eût engrangé de l'expérience. Qu'avait-il à faire d'un bas-bleu ou d'une oie blanche ?

Aux Terres Rouges, plongée dans une ambiance différente, Léa se révélerait sous son vrai jour. La nature profonde de la jeune femme se trahissait par moments, quand elle cessait de se contrôler. Derrière le regard couvait une ardeur qui ne demandait qu'à se manifester à la première occasion. Son sourire pouvait être provoquant. Ses mouvements, sa démarche dégageaient une grande sensualité qui émouvait Raymond. Il songeait que Léa était une femme beaucoup plus complexe que les Passedègue ne le supposaient. C'était justement cela qui l'intéressait.

En leur enlevant Léa, il aurait à examiner le cas des Passedègue. Quoi qu'en dise Louis, elle leur était précieuse et ils l'avaient prise en affection. Sans elle, la boutique redeviendrait vide et sans âme. Ils ne sauraient pas comment réagir. Le miracle ne se reproduirait pas. Toutefois, ils préféraient le bonheur de Léa au leur. Ils adhéraient au projet de Raymond, indépendamment de leur propre intérêt, parce qu'il favorisait l'avenir de Léa.

Cela supposait un dédommagement. Il ne pouvait se contenter d'offrir une somme d'argent. Le geste eût été mal interprété, voire blessant. Cependant s'imposait la nécessité de leur venir en aide. Il imagina une association à fonds perdus. Il prendrait des parts dans la boutique et dégagerait une somme d'argent destinée à effectuer des travaux d'embellissement et de modernisation. A partir de là, ils pourraient embaucher une nouvelle commise en remplacement de Léa.

Raymond termina de boire son café, déplia *Le Petit Marseillais* et s'absorba dans la lecture des titres. Un article se félicitait de l'essor du port aérien de Marignane. Il refaisait l'historique depuis sa création, en

1922, à l'occasion de la visite de l'Exposition coloniale par le sous-secrétaire d'Etat à l'Aéronautique, Laurent Eynac. Le trafic annuel était passé de 57 passagers, en 1923, à plus de 32 000. Plusieurs faits divers tragiques confirmaient la mauvaise réputation de Marseille.

— Je suis mieux chez moi, soupira Raymond.

A ce moment-là, le portier le fit mander.

— Vous avez un appel téléphonique, monsieur.

— J'arrive. Faites patienter.

Il se rendit à la cabine, prit le combiné.

— Allô ! J'écoute.

— C'est Louis. Il y a du nouveau.

— Du bon ou du mauvais ?

— Une bonne nouvelle. Mimi et moi avons eu une longue discussion avec Léa. Ça n'a pas été facile mais elle a fini par accepter. Mimi a su trouver les mots pour la convaincre.

— Merci, Louis.

— Seulement, avant de s'engager définitivement, Léa voudrait te parler.

— C'est normal. Je viendrai après la fermeture du magasin. Nous serons plus tranquilles. D'autant que j'ai aussi des choses à te dire.

DEUXIÈME PARTIE

Le Colorado provençal

9

Quand Raymond ramena Léa de Marseille, une voiture les attendait en gare d'Avignon. Elle appartenait à maître Emile Despérade, son notaire et ami d'enfance. L'étude Despérade, transmise de père en fils, réglait depuis toujours les affaires de la famille Sigean. Ils avaient fréquenté les mêmes établissements scolaires jusqu'au jour où Emile avait bifurqué vers le droit tandis que Raymond, en digne héritier, gérait ses biens.

Emile fut ainsi le premier à voir Léa. Nous étions au début de juin. L'été commençait. Elle portait une robe bleue s'arrêtant au genou, avec une jetée de plis naissant au-dessous des hanches. Le haut, simple, dépourvu d'ornements, s'ajustait parfaitement au buste, soulignant la beauté du décolleté, les seins fermes et pleins.

Ce que ce vêtement révélait du corps de Léa provoqua dans l'esprit du notaire des idées égrillardes qui le mirent de bonne humeur.

Sacré Raymond, s'exclama-t-il in petto, il a une sacrée chance ! Il nous ramène l'oiseau rare. Une fille de cet acabit au pays, c'est la révolution assurée.

Léa ne brillait pourtant pas par la toilette. Raymond ne lui avait pas acheté de vêtements. Elle emportait dans sa malle toute sa garde-robe. Sa robe faisait illusion parce que c'était elle qui la portait. Elle provenait du marché où elle achetait ses effets à petit prix. On la remarquait à cause de son allure. Elle possédait une élégance naturelle, une façon instinctive de se placer, de se mouvoir. Certaines femmes arboraient des robes griffées par de grands couturiers sans en tirer le moindre charme. Il eût suffi à Léa d'enfiler un sac de jute et de nouer une corde à la taille pour se distinguer. Sans doute cet aspect avait-il joué un rôle prépondérant dans la décision de Raymond.

Maître Despérade musela son émoi de crainte que son ami ne le perçât à jour. Dans sa profession, on s'entraînait à ne pas manifester ses émotions, à ne pas trahir ses sentiments. Un notaire se devait d'afficher une indifférence polie. On gardait ces choses-là pour soi. Le notaire n'en était pas moins sensible à la beauté féminine. Ses bonnes fortunes se comptaient cependant sur les doigts de la main. Il veillait à ne pas déclencher de scandale. La nature n'avait pas équipé pour séduire ce grand échalas au visage anguleux, portant lunettes cerclées de fer. Son abondante chevelure frisée, déjà grisâtre, entourait d'un manchon froufroutant son crâne parfaitement lisse, semblable à un gros œuf dans un nid de broussailles. Il ressemblait à un vautour – mais un vautour inoffensif et sympathique.

Raymond présenta Léa comme sa nouvelle gouvernante. L'intéressée dédia au notaire un sourire qui le plongea dans un délectable malaise. Maître Despérade n'en crut pas un mot. Il ricana intérieurement : Je sais bien, moi, ce que cette gourgandine va gouverner. Ah ! Raymond, tu es toujours sûr de toi. Tu te crois très fort. Elle va te mener par le bout du nez. Je le sens, tu auras des surprises. Tu n'en as pas fini avec cette donzelle. Elle te donnera du fil à retordre.

Il s'empara du bagage de Léa, le mit dans la malle de sa Delahaye flambant neuf. Une folie qu'il s'était octroyée après avoir longtemps hésité. La conclusion d'une grosse affaire très lucrative lui en procurait les moyens. Il avait cédé au caprice.

La valise lourdement chargée tirait son bras.

— Vous l'avez emplie de plomb, observa-t-il. Elle pèse une tonne !

— Tu n'as jamais été un grand sportif, le piqua Raymond. Donne ! J'ai l'habitude.

— Je n'en ferai rien.

Ils montèrent en voiture. Emile démarra.

— Connaissez-vous la région, mademoiselle ? demanda Emile.

— Non. J'ai toujours vécu à Marseille.

— Vous allez voir, c'est splendide. Je roule lentement pour vous permettre d'admirer le paysage.

— Cesse de faire le joli cœur. Moi, je connais et j'ai

hâte de rentrer chez moi, intervint Raymond que ce manège agaçait.

— C'est à vous dégoûter de rendre service aux gens ! soupira le notaire en accélérant de mauvaise grâce.

Antoine Briguetti errait dans le quartier des halles Delacroix comme une âme en peine. Il scrutait la foule, bousculait les passants par inadvertance. Il éprouvait la sensation de peser plus lourd sur la terre. Il négligeait son travail et s'attirait les remontrances de Firmin Duval. Plus de dix jours s'étaient écoulés sans qu'il revît Léa. Pas un mot, pas un signe. Rien. Il se perdait en conjectures.

Ce silence prolongé étonnait le jeune homme, surtout après ce qui s'était passé entre eux. Il cherchait à comprendre, inventant des explications dont aucune ne correspondait à la réalité. Quelque chose d'anormal s'était produit. Léa était-elle malade, sans possibilité de le prévenir ? Lui tenait-elle rigueur de l'avoir brusquée ? Elle y avait pourtant mis du sien. Son attitude, ses gestes, ses regards signifiaient combien elle était consentante.

Il se posta à plusieurs reprises devant la boutique des Passedègue, dans l'espoir d'apercevoir Léa à travers la vitrine. Sa silhouette ne s'y profila pas. Il voyait passer celle de Louis ou de Mimi. Cela ne laissait pas d'être étrange, voire inquiétant.

Lors de la soirée au bal, Léa avait-elle cédé à un

caprice sans lendemain ? L'hypothèse le bouleversait. Ce soir-là, une ambiance extraordinaire régnait au salon Bergame. L'orchestre se déchaînait. Il y avait de l'électricité dans l'air.

Juste au moment où tout marchait bien, où il croyait la jeune femme prête à répondre à son amour, il se retrouvait à la case départ, anéanti. Quand il en aurait le cœur net cesserait la terrible incertitude. Il passait par des mouvements contraires. Tantôt il cédait à de brusques accès de jalousie, tantôt la tendresse le submergeait et il éprouvait de la commisération. Léa ne pouvait agir mal. Surtout à son encontre. Elle était trop pure, trop parfaite. Son cœur s'emballait.

Il accusait parfois le couple Passedègue, averti de leurs relations, de retenir la commise prisonnière sous la menace d'un renvoi. Il les sentait réticents et ne les comptait pas au nombre de ses alliés.

Un matin, alors qu'il passait devant la bonneterie, il s'enhardit. Il poussa la porte. Antoine n'était pas le genre de client à fréquenter la boutique. Mimi leva un sourcil surpris. Louis, sourire commercial aux lèvres, s'avança.

— Bonjour, monsieur. Que puis-je pour vous ?

— C'est que... bredouilla le jeune homme.

Les idées se brouillaient dans sa tête. Sa bouche sèche ne formait pas un seul mot. Il perdait contenance. Plus il essayait de se ressaisir, plus il cédait à la panique.

— Nous venons de recevoir la nouvelle collection. Puis-je vous la montrer ?

— Je ne suis pas là pour acheter, finit par articuler Antoine.

— Ah ! Alors, que voulez-vous ?

— Un renseignement.

— Quel genre de renseignement ?

— A propos de Léa.

— Léa ! Vous connaissez Léa ?

Louis fixa le jeune homme sans aménité.

— Quel est votre nom ?

— Antoine Briguetti. Je suis ébéniste. Je travaille chez le père Duval.

— Bizarre ! Léa ne nous a jamais parlé de vous.

Il appela sa femme.

— Antoine Briguetti, ça te dit quelque chose ? Il prétend être un ami de Léa.

— Non.

Elle sortit de l'arrière-boutique pour examiner en détail l'inconnu qui se réclamait de Léa. Elle le regarda d'un œil torve.

— Que lui voulez-vous ?

— La voir, lui parler. Rassurez-vous, je ne lui veux aucun mal. Au contraire…

— Qui êtes-vous pour exiger cela ?

— Un ami proche. Très proche. Nous sommes sortis ensemble.

Mimi se figea. Le ciel s'écroulait sur sa tête. Léa leur avait caché un amant.

— Tu entends ça, Louis ? La petite nous a bien eus !

Antoine, inquiet de la tournure des événements, protesta :

— Madame, ce n'est pas ce que vous croyez…

— Parce que tu sais ce que je crois, toi ?

Antoine, médusé, ne savait quelle contenance prendre. Il se balançait d'une jambe sur l'autre, frappé de mutisme. Tout ce qu'il dirait se retournerait contre lui.

— Léa n'est plus chez nous. Elle nous a quittés, lâcha avec aigreur Louis Passedègue.

— Vous l'avez donc renvoyée ? demanda Antoine d'une voix blanche.

— Non. Elle est partie de son plein gré.

— Je ne comprends pas… bafouilla l'ébéniste. Elle m'aurait prévenu…

— Elle ne l'a pas fait.

Il était visiblement effondré. Il ne jouait pas la comédie. Ce garçon était sincère. Il demanda :

— Pouvez-vous me dire où elle est ? Une adresse où je peux la joindre ?

Louis secoua négativement la tête.

— Non, nous ne le pouvons pas.

— N'insistez pas, ajouta Mimi à contrecœur.

— Mais je l'aime ! s'écria Antoine.

— Navré, dit Louis. Oubliez-la.

Antoine s'accrocha. Les Passedègue étaient sa seule chance de retrouver Léa. Il obtint pour seul résultat de les excéder. Ils se désolaient de l'absence de Léa et cet intrus venait malencontreusement ranimer leur douleur. C'en était trop.

Louis désigna avec insistance la porte d'entrée.

— Allez-vous-en, jeune homme. Cessez de nous importuner. Vous ne tirerez rien de nous. Partez ! Léa, nous aussi, nous l'aimons. Nous ferons tout pour la protéger.

La Delahaye avalait la route en souplesse. Léa, assise à l'arrière, appréciait le confort des sièges de cuir fauve, la qualité de la suspension, l'agréable ronflement du moteur. Elle n'était jamais montée dans un véhicule aussi luxueux, qui sentait le propre et le neuf. Raymond et le notaire discutaient à l'avant. Elle n'écoutait pas. Le paysage défilait derrière la vitre, très beau en effet.

Au sortir d'Avignon, maître Despérade prit la route d'Apt, la plus droite et la plus courte, en bordure du Luberon. Ils avaient déjà dépassé Châteaurenard et Cavaillon et s'enfonçaient maintenant au milieu des vignes et des vergers s'étendant jusqu'à l'horizon cerné de collines jaunes, aux sommets arrondis. Plus près du ciel, une teinte indigo les absorbait. La vue se brouillait.

La joie de la découverte et l'appréhension de commencer une nouvelle vie, pleine d'inconnu et de mystère, se disputaient le cœur de Léa. Raymond ne se posait pas de question sur l'avenir. Tout était réglé dans sa tête et se déroulerait selon ses prévisions. Il avait assez réfléchi. Aucun souci ne le perturberait.

Maître Despérade l'amusait avec des histoires de chasse. Des histoires d'hommes auxquelles Léa n'avait aucune part. Il s'agissait d'anecdotes banales réchauffées par l'imagination d'un Nemrod en mal d'aventure, relevées d'une pointe d'humour. La chasse constituait un sport offrant au notaire une compensation à son existence sédentaire.

Parfois, détachant son regard du paysage, Léa s'abandonnait à la méditation. Avait-elle eu raison d'accepter la proposition de Raymond Sigean ? Elle le connaissait peu. Mimi et Louis, ses bienfaiteurs, s'en étaient portés garants. Ils insistaient pour qu'elle tente l'aventure. Elle avait dit oui pour leur être agréable. Mais les arguments pour la convaincre ne manquaient pas.

Les perspectives offertes par Raymond s'avéraient inespérées. Elle logerait dans une belle maison. Elle jouirait d'une chambre confortable et spacieuse, dotée de toutes les commodités. Elle gagnerait plus d'argent qu'à la bonneterie. Logée, nourrie, blanchie, elle pourrait se constituer un pécule. Elle exercerait enfin un métier honorable et intéressant, avec des responsabilités. Elle s'achèterait des vêtements convenables, de quoi satisfaire son besoin d'élégance.

« Te rends-tu compte du chemin parcouru depuis que tu battais le pavé et que nous t'avons accueillie chez nous ? Le ciel te sourit, ma fille. Profites-en. Nous ne voulons que ton bonheur. Aujourd'hui, ton bonheur passe par ton départ. Il a le visage de notre ami Raymond.

— Nous préférerions te garder, avait convenu Mimi. Tu sais combien nous avons d'affection pour toi. Mais tu n'as aucun avenir chez nous.

— Vous me manquerez, avait-elle répondu, au bord des larmes. Merci pour tout. Jamais je n'oublierai ce que vous avez fait pour moi. »

Léa se repassa ces paroles. Elle essaya de les refouler. Marseille n'était pas si loin. Raymond y allait souvent. S'il était content de ses services, accepterait-il un jour qu'elle l'accompagne ? Ce n'était pas un méchant homme. Elle avait surpris des conversations entre Louis et Mimi au sujet de Raymond. Ils le tenaient en haute estime. Léa jugeait l'homme sympathique et avenant. Sa force, sa robustesse l'impressionnaient. Son ton brusque mais direct lui plaisait.

Le jour déclinait quand ils entrèrent dans Roussillon. Elle s'émerveilla des couleurs de la terre et des maisons avivées par le couchant. Un peintre céleste avait orné le paysage de teintes douces et chaudes. Cela chantait sous les yeux, non d'une musique éclatante ou stridente, d'une violence de cuivres, mais dans une mélodie soutenant les notes d'une harmonie où toutes choses se réconciliaient, les hommes, la terre, le ciel.

Je serai bien ici, estima-t-elle. Au milieu de tant de beauté, rien ne pourra m'arriver.

Maître Despérade ralentit et s'engagea sur la petite route communale conduisant au mas des Terres

Rouges. Léa comprenait à présent pourquoi il portait ce nom.

Sur le passage de la Delahaye, un homme se retourna : Modeste Picone. Il vit le notaire, Raymond, et aperçut l'inconnue assise à l'arrière. Sa présence l'intrigua.

10

Les premiers jours, Léa se familiarisa avec la vaste demeure. Depuis l'accident de la grosse Fernande, la poussière et le désordre s'accumulaient. Raymond n'était pas du genre à y remédier. Le ménage n'était pas une affaire d'homme. Un grand nettoyage s'imposait afin de remettre la maison en état. Elle s'y attela avec courage. Elle travaillait en silence, avec méthode et efficacité.

Raymond observait cette agitation avec intérêt. Elle ne rechignait pas à l'ouvrage. Elle accomplissait les tâches ménagères en professionnelle. Fernande n'eût pas fait mieux. Il testerait plus tard ses aptitudes à des fonctions exigeant intelligence et sens de l'organisation. Il vérifierait alors s'il s'était trompé ou non.

Le nettoyage et le rangement occupèrent Léa une semaine entière. Elle découvrit les lieux au fur et à mesure et en prit possession. Contrairement à Fernande, elle soignait les détails. Lorsque les pièces furent rutilantes, elle se reposa et attendit les ordres.

Le matin, Raymond la conduisait au village. Ils faisaient les courses, puis il la ramenait. Elle n'avait pas la possibilité de visiter ni de sympathiser avec les commerçants. Elle effectuait cette tournée exceptionnellement, précisa Raymond. Ces tâches incombaient à Fernande, qu'il ne voulait pas désobliger en les confiant à une autre. Elle les reprendrait à son retour, jugé imminent. Sa rééducation touchait à sa fin. Le docteur Lagarde l'assurait.

En attendant, Léa préparait aussi les repas. Elle ne se signalait pas par ses talents de cordon-bleu. Elle cuisinait des plats simples. Raymond n'en demandait pas davantage. Il mangeait assez souvent à l'extérieur, au restaurant ou chez des amis, pour compenser la banalité de la chère.

Léa savait lire, écrire, compter. Au-delà de ces connaissances de base, ce qu'elle valait restait flou. Le mystère se dissiperait à l'usage. Raymond aurait à la former, à l'éduquer avant qu'elle ne devienne l'auxiliaire précieuse qu'il attendait. Il y était prêt. Cette perspective flattait sa vanité, sinon son orgueil. Il s'apprêtait avec jubilation à jouer le rôle de mentor, voire celui d'un Pygmalion. Il façonnerait la jeune femme à sa guise. Il la transformerait moralement et intellectuellement. Pour le reste, il n'interviendrait pas : la donzelle était assez jolie et gracieuse.

— Monsieur, déclara-t-elle, je suis là depuis huit jours et je n'ai encore rien vu du pays. A peine si je peux m'orienter dans le village.

— Patience. Tout vient à son heure. Je te montrerai

bientôt mon domaine. Tu verras les champs, les carrières, les entrepôts. Nous pousserons jusqu'aux villages voisins.

— Bien, monsieur.

— Laisse tomber le « monsieur ». Appelle-moi Raymond, comme tout le monde.

— Oh, je n'oserai pas !

— Question d'habitude. Pas de « monsieur » entre nous.

Les langues villageoises se déliaient et redoublaient de vélocité. Excitées par l'arrivée d'une inconnue au domicile de Raymond Sigean, elles rivalisaient d'invention. Cette fois, impossible d'interroger la grosse Fernande, dont le retour toujours annoncé ne venait jamais. Certains se posaient des questions : s'agissait-il d'une maladie diplomatique destinée à cacher la vérité ? Raymond l'aurait-il congédiée afin d'avoir les mains libres pour la remplacer par la jeune femme paradant à ses côtés ? A coup sûr, une de la ville. Le premier coup d'œil repérait d'où venait le mal.

En première ligne se trouvait le notaire. Maître Emile Despérade n'était-il pas allé chercher le couple à la gare d'Avignon ? Il devait savoir des choses ! Mais, outre les liens d'amitié et d'intérêt l'unissant à Sigean, il passait pour peu causant. Sa profession se fondait sur la discrétion et le secret. Il connaissait la face cachée de tout le pays. A supposer que cet homme-là se mît à parler, on en apprendrait de belles sur les uns et les autres ! Ce serait la fin du monde.

Cette riante campagne, d'apparence inoffensive, était un nœud de vipères. Qui pouvait se vanter de n'avoir rien à se reprocher ? Les dossiers du notaire contenaient de la dynamite. Dormant sous des épaisseurs de poussière, parfois depuis des générations, elle pouvait exploser à tout instant. Malgré d'insupportables chatouillements de curiosité, on n'insista pas de ce côté.

En deuxième ligne figurait le docteur Jacques Lagarde, mandé au moment de l'accident. Il fréquentait régulièrement les Terres Rouges. Raymond était son ami, probablement son confident. Ici, outre les soins du corps, le médecin s'occupait aussi des âmes. Le partage s'établissait ainsi : à lui celles des incroyants, au curé celles des croyants. Dans les deux cas, il s'agissait d'écouter les confidences, d'apporter du réconfort aux brebis en souffrance. Hélas, l'un était soumis au secret professionnel par le serment d'Hippocrate, l'autre tenu au secret de la confession. On ne tirerait rien de ces deux-là.

Quelqu'un prétendait cependant posséder des informations : Modeste Picone. Le drôle aspirait à les communiquer à qui voulait l'entendre. Par chance, on se méfiait de lui. Il faisait peur. Mais le désir de savoir balayait les réticences. Les commères, tout excitées à l'idée de propager des ragots, le courtisaient. Il pouvait compter sur leur imagination maligne pour amplifier le moindre indice. Leurs mensonges se greffaient sur les siens. Cela faisait son affaire. Ce qui nuisait à la réputation de Raymond était bon. Depuis la mort de sa mère, Modeste n'avait pas d'objectif plus constant. Il consacrait à sa poursuite toute son énergie et sa science du mal.

Jusqu'à ce jour, il n'avait guère réussi. Raymond Sigean l'ignorait. Il vivait sa vie à sa guise. Autoritaire, jouisseur, méprisant. Personne n'osait se mettre en travers de son chemin. On ne retenait aucun grief contre lui. Malgré ses manières, il se montrait direct et juste. Une formule le caractérisait : « Quand Raymond a quelque chose à dire, il le dit. Quand il a quelque chose à faire, il le fait. »

Ses succès électoraux rehaussaient sa réputation. Raison de plus, pour Picone, de le haïr. Dépourvu de convictions politiques, il militait dans le parti adverse, conformément à ses intérêts. Il participait à toutes les actions intentées contre son demi-frère, assistait à tous les meetings d'opposition, lançait des pétitions, diffusait des tracts calomnieux mais anonymes. Il appliquait à la lettre les principes de maître Basile : « Calomniez, calomniez, il en restera toujours quelque chose. »

Modeste, sous prétexte d'une lettre non arrivée à destination, se rendit auprès de mademoiselle Marguerite Poulin, dite Maguie, la postière. Le bureau de Maguie, en plus de sa fonction principale, servait à la fois de poste de guet et de plaque tournante des informations. Un endroit stratégique. Mademoiselle Poulin était une personne de confiance.

Dans un concours, elle eût été élue haut la main reine des médisantes. Sèche, maigrichonne, affligée d'un petit visage de musaraigne, elle approchait les cinquante ans. Vieille fille célibataire, confite dans le fiel et le vinaigre, elle tendait une oreille complaisante aux commérages. Chacun se rendait à la poste un jour ou l'autre. Assise derrière son guichet depuis trente ans, elle connaissait tout le monde. Les clients bavardaient volontiers en attendant leur tour. Ils discutaient avec la receveuse tout en traitant leurs affaires.

— Vous avez vu le Sigean ? dit Modeste. Il ne s'embête pas ! Il nous a ramené une fille de la ville, une inconnue !

— Beau brin de fille, siffla la postière en coulant un regard en demi-teinte.

— Une fille des rues, oui, commenta Picone.

— D'où tenez-vous ça ?

— Elle arrive de Marseille. Une ville de perdition peuplée de roulures et de *cagoles*.

— Vous n'exagérez pas un peu ?

— Avez-vous remarqué son genre ?

— Pas eu le temps. Je travaille. Elle n'a pas encore franchi la porte du bureau. Je ne l'ai pour ainsi dire pas vue.

— Patience, ça viendra.

Mademoiselle Poulin s'absorba dans ses registres en quête de l'hypothétique lettre perdue de Picone. Elle releva la tête.

— Je ne la trouve pas.

— Tant pis ! Elle finira par me revenir. Vous savez, poursuivit-il, je n'ai pas utilisé par hasard l'expression « fille des rues ». Raymond s'est comporté avec elle comme un maquereau.

— Ah ! Racontez.

Elle commençait à boire ses paroles.

— Voilà, j'ai des amis dans la place. Des gens dignes de foi : des indicateurs de police.

— Vous fréquentez cette engeance ?

— Faut bien. Ils sont au courant de tout.

— Qu'ont-ils dit, au juste ?

— Léa…

Mademoiselle Poulin haussa le sourcil.

— Léa ?

— C'est le nom de la donzelle. Une orpheline laissée à la rue jusqu'à quinze ou seize ans. Quand Raymond a fait sa connaissance, elle travaillait comme commise dans un quartier chaud de la ville. Ses patrons l'exploitaient. Elle ne devait pas être très regardante sur le genre de travail qu'on attendait d'elle. Elle a aguiché Raymond lorsqu'elle a su qu'il était plein aux as. Elle a fait le nécessaire pour lui taper dans l'œil.

— Ces filles-là savent s'y prendre avec les hommes.

— Pour l'obtenir, Sigean a dû payer.

Les petits yeux de musaraigne de la postière brillèrent.

— Combien ? demanda-t-elle.

— Un gros paquet. Je ne connais pas la somme exacte. Pour l'embarquer sans ennuis, il l'a rachetée, comme un souteneur paie un confrère pour lui prendre sa femme.

— C'est pas joli joli, ça.

— En effet. Il nous a ramené le cadeau.

— Que va-t-il en faire, maintenant ?

— Je l'ignore. La présence de Léa causera tôt ou tard du grabuge.

— Mon Dieu ! Nous n'avions pas besoin de cette intruse, soupira la vieille fille.

L'énorme cuisinière de fonte, aux parements de bronze, dévorait des seaux de charbon. Elle trônait au milieu de la vaste pièce tel un monstre au ventre rougeoyant dont l'appétit exigeait plusieurs rations de boulets par jour. Elle ne s'éteignait jamais. Le matin, il suffisait de ranimer les braises à coups de pique-feu, de vider les cendres du tiroir, de l'alimenter en combustible. La cuisinière se remettait aussitôt à ronfler. Elle comportait six plaques de diverses dimensions et un four immense propre à recevoir des plats à sa mesure.

Au-dessus de la cuisinière, dans une symphonie de cuivres astiqués, pendaient des casseroles, des marmites et des chaudrons de diverses tailles. Des carreaux couleur pain brûlé couvraient la partie visible du mur. Le mobilier comportait une table massive autour de laquelle une douzaine de convives prenaient place, deux bancs à dossier, un vaisselier, une armoire à linge de maison, un garde-manger et des tabourets.

Là était le royaume de Fernande. En y pénétrant, Léa eut l'impression de commettre un sacrilège. Elle parcourut la pièce d'un regard circulaire et se dit : « Cela n'est pas pour moi. Je n'ai rien à faire ici. » L'ensemble l'impressionnait. Les meubles, les objets la repoussaient pour ce qu'elle était : une intruse, une usurpatrice, une intrigante. L'idée que Fernande rentrerait bientôt et reprendrait possession de la place la réconfortait. Léa hésitait sur la façon de s'y prendre. Elle n'était pas faite pour gouverner une cuisine monumentale, digne d'un château. A peine savait-elle confectionner des plats ordinaires, en petites quantités.

A quoi servait-il d'entretenir un tel monument ? Raymond ne recevait pratiquement jamais, sinon en petit comité. Elle préparait des repas pour deux alors qu'elle disposait de quoi nourrir dix ou vingt convives. Il eût été plus pratique et plus agréable de travailler dans une pièce plus modeste, avec des ustensiles modernes.

Elle s'habituait mal aux Terres Rouges. C'était trop grand, trop imposant, trop chargé d'histoire. Les murs la toisaient. Les meubles, les objets, les tableaux la maintenaient à distance. L'air qu'elle respirait, la lumière même la plongeaient dans un malaise absurde.

Le mas des Terres Rouges deviendrait-il un jour sa vraie demeure ? Combien de semaines, de mois, d'années nécessiterait son adaptation ? Elle souffrait de l'isolement. Des moments de grande mélancolie l'accablaient. Elle ne manquait pourtant de rien. Elle mangeait à sa faim. Raymond la traitait bien. Elle touchait de l'argent. N'empêche, une fois le ménage terminé, la vacuité s'emparait d'elle et le découragement la suivait.

Elle avait espéré que Raymond l'aiderait à s'adapter, qu'il se conduirait en maître attentif. Au lieu de cela, il se cantonnait dans un mutisme qui les séparait. Comment eût-elle deviné qu'il se cherchait ? Il sortait sans préciser quand il rentrerait. Elle devait cependant se tenir prête à le servir n'importe quand, s'il avait soif ou faim. Elle tournait en rond dans le salon, promenait son dépit d'une pièce à l'autre. Le souci de vérifier ce qui n'allait pas justifiait ses vaines tournées d'inspection.

Elle ruminait les vagues promesses de Raymond. N'avait-il pas assuré aux Passedègue qu'il la prenait en qualité de gouvernante ? De ce côté, rien ne venait. Elle travaillait comme boniche, situation pas aussi agréable que celle de commise. Elle regrettait ses anciens patrons. Elle se souvenait des bons moments vécus auprès d'eux, à la boutique. Sa part de bonheur, elle l'avait eue là. A présent, elle doutait de l'avenir.

La pensée de son ex-soupirant la visitait parfois. Le remords d'être partie sans le prévenir, sans laisser une lettre à son intention, mordait sa conscience. On aurait dit qu'elle fuyait, coupant volontairement les ponts avec son passé, pour ne pas revenir en arrière. Face aux promesses mirobolantes de Raymond, le pauvre ébéniste ne pesait pas lourd. Elle croyait en la sincérité de son amour. Elle eût dû souffrir d'autant plus de sa culpabilité. Ce n'était pas le cas.

Elle était aux Terres Rouges depuis une dizaine de jours et le souvenir du garçon s'estompait déjà. Le cœur de Léa ne battait plus à son évocation. Elle considérait les choses avec froideur, décidée à tirer son épingle du jeu. En avait-elle assez bavé dans la rue, pendant toutes ces années ! La peur, l'humiliation, la faim, les blessures de l'âme et du corps, la saleté, la promiscuité, les assauts des hommes… Maintenant, elle était blindée.

Antoine, elle ne l'aimait pas. Elle ne l'avait jamais aimé. Pas un instant la pensée de vivre avec lui ne l'avait effleurée. Ses seuls avantages étaient sa belle gueule et sa gentillesse. Il s'était présenté au bon moment. Elle supportait la chasteté depuis son entrée au service des Passedègue. Elle dominait sa nature pour garder sa place. Ils n'auraient pas admis qu'elle se comportât en gourgandine. Ce qu'au fond d'elle-même elle était.

Ces honnêtes commerçants s'attachaient à la morale, leur unique luxe. Antoine aussi était un ouvrier honnête. Ils ne se seraient pas opposés à leur liaison. Léa avait l'âge de flirter et de traîner une ribambelle de soupirants. Antoine faisait l'affaire parce que Léa avait besoin d'un homme, de trouver un mari, de fonder une famille, bref, de rentrer dans le rang. C'était mal la connaître.

En raison de sa timidité, de son manque de confiance, Antoine la ménageait trop. Il l'avait déçue.

Cela ne se pardonnait pas. Il aurait dû écouter les conseils avisés de son ami Marcel et de Claudine. Léa avait saisi l'occasion de parler avec la modiste en aparté. Celle-ci ne manquait pas de discernement. Quand elle se livrait, elle montrait même de l'ambition. Le garçon boucher n'avait qu'à bien se tenir.

— Bah ! soupira Léa avec philosophie. Ce n'est pas un drame. Antoine m'oubliera. Ils oublient tous.

11

Le Luberon affichait une solitude altière et grave. Il évoquait quelque seigneur dépossédé de son fief et retiré là où personne ne l'importunerait. Sombre à certains endroits, voire menaçant, il dégageait une hostilité naturelle que démentaient les splendeurs déployées aux alentours et l'intense lumière du soleil. N'ayons garde de l'oublier, le soleil pouvait aussi rendre fou ou tuer.

Dans des vallées inhabitées, confinées à l'abandon, les pins et les chênes proliféraient dans un désordre sauvage que dominaient, au loin, des villages hissés au sommet des collines. Leur position les protégeait des incursions sarrasines de jadis. Aujourd'hui, désertés, ils tombaient en ruine. De grands pans d'histoire s'écroulaient avec eux. La pierre retournait à la pierre.

Lorsque venait l'automne, les feuilles rouges du sumac, appelé *roure des corroyeurs*, recouvraient la campagne. De longues traînées de sang coulaient le long des pentes. Un ruissellement mêlé de toutes les nuances du rouge transformait le paysage en un décor de tragédie.

Du hameau de Ferviane, où se trouvait le mas des Terres Rouges, Léa pouvait voir se déployer ces splendeurs barbares. Raymond lui avait appris à les déchiffrer. Il disait que, malgré le vernis des religions, ce pays restait profondément païen. Il mettait une surprenante passion à proclamer cette appartenance.

Depuis son poste d'observation, Léa – du moins le croyait-elle – distinguait d'autres hameaux couleur de terre, des villages morts dont la lumière animait les vestiges. Là habitaient des fantômes qui traînaient de tragiques histoires, un peuple d'ombres pour qui le temps sans mémoire ne s'écoulait plus.

Raymond connaissait cela par cœur. Des générations de Sigean enfonçaient de puissantes racines dans ce sol. Ce cœur était le sien. En racontant le Luberon, il parlait de sa vie, de sa famille. On ne pouvait l'aimer sans aimer cette terre. Il en était l'incarnation, le prolongement. Le mas des Terres Rouges, entretenu par ses soins avec une sorte de piété, faisait fonction d'oratoire, de temple paysan érigé à proximité du village de Ferviane pour en maintenir l'esprit.

La façon dont Raymond s'animait au contact de cette réalité déconcertait Léa. Comment démêler la vérité de l'invention, la légende de l'histoire ? Dans ces moments-là, Raymond gagnait en humanité. Une vulnérabilité surprenante se révélait. Les hommes de son espèce puisaient leur force et leur énergie dans le sol sur lequel ils pesaient de tout leur héritage et de toutes leurs certitudes. L'exil leur était fatal. Qu'on les arrachât de leur terre, ils périclitaient et mouraient.

Léa songeait à son propre sort. Ne vivait-elle pas à sa manière un exil ? Malgré son attachement à Marseille, sa ville natale, elle avait tranché ses liens du jour au lendemain. Sans état d'âme mais sans évaluer les conséquences. En vérité, il n'existait pas de rapport entre son enracinement et celui de Raymond. Ils ne résultaient pas d'une expérience identique des choses de la vie.

Raymond, seigneur de son domaine, jouissait depuis toujours de privilèges. Léa avait connu la misère. De terribles épreuves l'avaient marquée à jamais. Marseille était incontestablement belle et attirante. C'était aussi une gueuse sans cœur et sans pitié, une marâtre maltraitant ses enfants. Une déferlante de foule capable d'écraser aveuglément quiconque.

Léa ne regrettait donc pas son départ. Elle conservait des images de sa ville, se souvenait des rares moments où elle avait joui d'un semblant de bonheur. Elle évoquait avec attendrissement Mimi et Louis Passedègue, pour leur bonté et leur affection. Elle se reprenait vite, refusant de céder à des sentiments au-dessus de ses moyens. Elle se secouait pour se libérer de la tentation, comme quand de la poussière vous colle au manteau.

— Tu verras, promit Raymond, je te donnerai les clés du Luberon. Tu te plairas ici.

— Je l'espère.

— Ne vis-tu pas mieux ? L'air te profite. Tu as déjà des couleurs.

— Il n'y a pas que cela.

— Quoi, alors ? La maison ne te convient pas ?

— Si. Mais je n'ai pas assez de travail pour occuper mes journées. Je ne sors pas. Je ne connais personne à la ronde.

— Patience. Cela viendra.

— Pour tout dire, je m'ennuie un peu.

Il repoussa l'objection d'un geste irrité. Les sentiments de Léa ne le concernaient pas vraiment. Son égoïsme reprenait le dessus. Il consentit néanmoins à la rassurer.

— Fernande va bientôt rentrer. Tu auras de la compagnie.

— Vous aviez promis de me faire visiter le village et votre domaine, insista-t-elle.

— Je n'ai pas oublié.

Sur ce, il tourna les talons, la laissant plantée au milieu du salon.

L'allée de gravier, bordée de platanes, conduisait à une large bâtisse. On y accédait par un escalier central à double révolution, doté d'une rampe à balustres dont l'enduit s'écaillait. L'architecture composite évoquait une grande bastide ou quelque gentilhommière du XIXe siècle. Des ajouts modernes, correspondant à des agrandissements successifs, se greffaient sur ce petit château campagnard. Ces transformations altéraient la beauté initiale des bâtiments.

Fernande séjournait là depuis trois semaines. Elle trouvait le temps long. En revanche, son état s'améliorait. Elle ne se sentait pas encore tout à fait ingambe, mais elle marchait mieux. Les pensionnaires étaient aussi hétéroclites que la demeure qui tenait à la fois de l'asile, de l'hôpital, du centre de rééducation et de la résidence de retraite.

Le caractère revêche de Fernande s'accentuait à proportion de ses douleurs. Il éloignait d'elle la plupart des résidents, lassés de ses sautes d'humeur. Les fractures représentaient les conséquences les plus graves de sa chute. Plusieurs traumatismes les accompagnaient. Le rétablissement de la patiente s'avérait plus long que prévu.

Modeste Picone demanda à l'accueil où trouver Fernande. Une infirmière désigna la terrasse. Coiffée d'un chapeau de paille, une couverture sur les cuisses, la convalescente somnolait dans un fauteuil, jambes allongées sur des coussins.

Il s'approcha avec l'air doucereux du renard de la fable.

— Comment vas-tu, Fernande, aujourd'hui ?

Elle le considéra d'un air torve.

— Hé ! Comment veux-tu que j'aille !

— Tu seras bientôt rétablie. J'ai parlé aux infirmières. Elles sont optimistes. Tu rentreras aux Terres Rouges dans quelques jours. D'ailleurs, il le faut.

Elle haussa le sourcil.

— Pourquoi le faut-il ?

— Beaucoup de choses se sont passées en ton absence. Raymond a ramené une jeune femme de la ville. Elle s'occupe de tout. Elle a toute sa confiance. Bref, c'est elle qui gouverne maintenant la maison.

— Ah ! fit Fernande, sans trahir l'inquiétude ranimée par cette annonce.

Raymond n'avait parlé de rien. Modeste enfonça le clou.

— S'il n'y avait que cela, ce ne serait pas grave, renchérit-il. Cette femme est une intrigante. Elle est jeune, jolie, déterminée. Voilà des atouts non négligeables.

— Cesse de tourner autour du pot, Picone. Dis ce que tu as à dire.

— Ce n'est qu'une supposition...

— Dis ! Tu es venu pour ça, non ?

— S'ils n'ont pas déjà tissé des liens plus intimes, ça ne tardera guère. Sois vigilante. Raymond est veuf depuis trop longtemps. La chair la plus proche est le fruit de la tentation.

— Raymond s'est toujours accommodé du célibat. Je ne l'ai jamais entendu se plaindre du manque de sexe. Quand il veut de l'amour, il va aux putes.

— Aujourd'hui, il a envie d'autre chose. La donzelle est dans la place. Ils vivent aux Terres Rouges dans une intimité propice...

— Laissons cela.

— Moi, ce que j'en dis, c'est pour te rendre service. Si Léa prend le dessus, elle te traitera comme la dernière roue de la charrette. Crois-moi, Raymond ne lèvera pas le petit doigt pour te protéger.

— J'en fais mon affaire.

Fernande sauvait la face. Elle jouait la partie comme si elle avait en main les bonnes cartes. Son esprit obtus reculait à l'idée qu'on pût la déposséder de ses prérogatives. Elle l'avait plusieurs fois envisagé. A présent, la menace se précisait. Il ne s'agissait plus de lubies infondées. Le sort la confrontait à une redoutable rivale.

Modeste venait de semer la graine empoisonnée dans l'esprit de Fernande. Elle germerait. La grosse domestique avait fait bonne figure, mais ses arguments l'avaient ébranlée. La guerre couvait déjà entre elle et Léa avant qu'elles se soient rencontrées. Il n'y avait pas de place pour deux femmes au mas des Terres Rouges.

Dans cette lutte, Fernande avait en Picone un allié dévoué, non désintéressé. La situation de Raymond deviendrait vite intenable. Ses petits arrangements ne tiendraient pas la route. Il y veillerait.

Il ne se leurrait pas. Cela ne suffirait pas. Même en ajoutant les bruits colportés auprès de la postière et des commerçants les plus disposés à les gober. Ces manœuvres représentaient peu de chose. Picone tissait patiemment sa toile. Il attendait le moment propice. Une opportunité lui procurerait des armes plus efficaces pour abattre son demi-frère exécré.

Quand Modeste revint à Roussillon, il s'arrêta au village de Vernanque. Il se dirigea à pied vers le petit cimetière où sa mère était enterrée. Un petit muret de pierres sèches protégé par une haie de cyprès d'un vert foncé, presque noir, séparait la nécropole du chemin de terre la reliant au village. Un grand calme régnait. Des pans de lumière s'accrochaient aux branches des arbres.

On ne trouvait pas ici de somptueux tombeaux en marbre, avec de coûteuses décorations, pas de monuments prestigieux témoignant du pouvoir et de la fortune des familles. Les tombes étaient modestes, constituées d'une dalle de pierre grise surmontée d'une croix. Celle de Sabine Picone consistait en un simple quadrilatère de terre entouré d'une grille, avec une plaque gravée à son nom.

De la mauvaise herbe poussait entre les barreaux rongés de rouille. Deux vases en faïence ébréchés contenaient des fleurs séchées. L'un d'eux était renversé. La terre sèche se craquelait par endroits. Des fissures profondes s'enfonçaient dans le sol. Cette partie du cimetière était réservée aux concessions les plus pauvres, ne jouissant pas de la perpétuité. Il fallait renouveler le bail périodiquement. En cas d'impossibilité, la commune récupérait la sépulture. La mort était en quelque sorte sous surveillance.

Modeste ne nettoyait pas souvent la tombe de sa mère. Bien heureux d'avoir pu l'enterrer là, grâce à la générosité de parents et d'amis. A l'époque du décès de Sabine, il était trop jeune pour intervenir et ne possédait rien. Il ne savait pas comment s'y prendre pour les démarches. Il ignorait que les pompes funèbres obéissaient à la loi du marché.

Réduit à ses seules ressources, il n'aurait pas pu assurer une sépulture décente à Sabine. Sa mère aurait disparu sans laisser de traces dans la fosse commune, avec les anonymes, les indigents, comme une bête. Dans la vie ou dans la mort, l'extrême pauvreté réduisait les gens à l'état d'animaux. On ne prenait pas d'égards avec les animaux. Ils crevaient, voilà tout.

La pensée de sa mère ne quittait pas Modeste. Il imaginait ce que la pauvre femme, tenue au secret, laissée sans ressources par son suborneur, avait enduré au cours de sa vie tourmentée et trop brève. Il n'avait pratiquement pas connu son père, le vieux Joseph Sigean, abominable salaud. Celui-ci évoluait dans un monde auquel Modeste n'avait pas accès. Il n'avait même pas eu le temps de le haïr puisque Joseph était mort avant que Sabine eût transmis à son fils son lourd secret.

Sabine était trop fière pour solliciter l'aide du vieux. Elle refusait de s'abaisser devant cet être méprisable pour obtenir de l'argent. Elle se serait sentie souillée pour la deuxième fois. Elle n'avait pas couché avec Joseph par choix ou inclination. Il l'y avait obligée. Comment eût-elle résisté à ses désirs ? Il était le maître. Elle n'était d'ailleurs pas la seule, ni la première, à avoir subi ses assauts de bouc. Toutes les bonnes en passaient par là sous peine de renvoi. Les places étaient chères dans les bonnes maisons. La plupart se résignaient à ouvrir leurs cuisses sans protester.

Joseph, malgré ses algarades multiples, n'avait engrossé que Sabine. A l'époque, elle avait seize ans, lui plus de cinquante. La différence d'âge ne le gênait pas. Au contraire, posséder un tendron l'excitait. Il aimait la chair fraîche. Frotter son cuir tanné contre une peau de soie ranimait sa vigueur quelquefois chancelante.

Pendant tout le temps que Sabine était restée aux Terres Rouges, elle n'avait cessé d'avoir des rapports avec le maître. Le jour où elle avait osé déclarer qu'elle était enceinte, il était entré dans une grande colère. Il l'avait chassée. Elle aurait dû faire attention, prendre ses précautions. Qu'elle se débrouille ! Son enfant ne naîtrait pas aux Terres Rouges. Et pas question de reconnaître ce bâtard.

Sabine Picone ne manquait pas de courage. Elle avait élevé son rejeton sans l'aide de personne. Elle s'était tuée au travail. Elle se privait pour que Modeste ne manque de rien. Elle aurait pu s'installer ailleurs, dans une contrée lointaine. Elle avait préféré rester sur place, à Vernanque, près de l'endroit où habitait le vieux. Elle le rencontrait souvent. Il faisait mine de ne pas la reconnaître. Il l'avait chassée de sa mémoire. Mais chaque rencontre stimulait la haine de Sabine. Elle l'avait transmise à son fils Modeste qui, à la mort de Joseph, l'avait reportée sur Raymond, lequel n'y était pour rien.

Aujourd'hui, quand il songeait à sa mère, Modeste se sentait en partie responsable de sa mort prématurée. Elle s'était sacrifiée pour faire de lui un homme. Elle était jeune et jolie quand Joseph l'avait mise à la porte. Elle aurait pu refaire sa vie avec un honnête garçon, assez courageux pour partager son fardeau. Elle ne l'avait pas voulu. On la montrait du doigt. Elle avait honte, comme si elle acceptait d'expier dans la solitude une faute imaginaire.

Modeste venait donc souvent au petit cimetière de Vernanque prier et méditer sur la tombe de sa mère. La méditation ne le réconciliait pas avec la vie. Il n'en attendait pas de l'apaisement. Non, il réfléchissait. Il puisait de quoi attiser sa haine. Chaque pensée apportait au foyer une brindille pour qu'il ne s'éteigne pas.

12

Le célèbre circuit de l'ocre commençait à Apt, capitale mondiale de la confiserie. Une étape gourmande où Raymond ne s'arrêta pas. De là, la route menait au site de Rustrel, qui méritait son nom de « Colorado provençal ». Une suite de carrières d'ocre, dont une majorité à l'abandon, et certaines transformées en champignonnières, constituait un labyrinthe polychrome qui s'insinuait à travers des gorges étroites et profondes surplombées d'impressionnants belvédères.

Léa s'extasiait devant tant de splendeurs. Elle était stupéfaite de trouver là un univers de formes et de tons constituant une sorte d'enclave au sein de la Provence vauclusienne.

— Garde un peu d'admiration pour tout à l'heure, dit Raymond. Où nous allons, c'est encore plus beau.

— Ce n'est pas possible ! On se croirait dans un paysage de conte, de légende.

— Ce n'est pas faux. Les légendes ne manquent pas. Un soir prochain, nous irons écouter le père

Bidourle, notre meilleur conteur. C'est un ancien berger. Je l'aime bien. Il a travaillé pour moi autrefois.

Ils firent halte chez un fermier de Raymond qui cultivait la vigne et quelques arpents de blé, un certain Martin Biniolle, grand type mince et voûté, coiffé d'une casquette, avec d'épaisses moustaches de Gaulois. A l'instar de ses semblables, il se plaignit que la terre ne produisait pas assez. L'été arrivait trop tôt, avec la canicule, l'hiver trop tard, ou l'inverse. Il ne faisait jamais le temps qu'il fallait au moment opportun. Quant à l'eau, elle manquait toujours. Il avait beau tomber des trombes et des trombes, ça ne suffisait jamais. Les nappes phréatiques diminuaient et la sécheresse menaçait. Cela durait depuis des années. Si on avait pu interroger, à la même place, un paysan cent ans auparavant, on aurait récolté les mêmes jérémiades.

Martin Biniolle n'en vivait pas moins correctement. Il payait régulièrement son loyer. Seulement, son intérêt n'était pas de montrer à son propriétaire des signes d'aisance ou de prospérité. Il était établi que le métier était dur et nourrissait à peine son homme.

Ils arrivèrent enfin à Roussillon, extraordinaire village du Vaucluse, dressant sur fond d'azur un véritable tableau brossé en couleurs naturelles, celles des pierres et des sables l'environnant. Directement projetées des falaises d'ocre aux façades des maisons, celles-ci prolongeaient la terre d'une sorte d'excroissance pittoresque où vivaient des hommes qu'on s'attendait à voir, eux aussi, vêtus de poussière d'or.

Les carrières avaient été exploitées bien avant la naissance du bourg. Il en était la conséquence urbaine. Sans cette activité exigeant de la main-d'œuvre sur place, il n'existerait pas. Les carrières offraient aux maçons la poudre dont ils avaient besoin pour crépir. Pas moins de dix-sept nuances pures parmi lesquelles ils choisissaient. Ils en tiraient des effets surprenants. A côté d'une façade rose, un dégradé de jaunes distinguait une maison. Plus loin, un mur se fondait dans un camaïeu de bleus. Puis venaient des blancs, des rouges, plus ou moins éclatants, des bistres, des verts tendres ou acides.

De tout ce désordre naissait une harmonie. Lorsque les rayons du soleil se posaient sur cette débauche de couleurs, les maisons s'illuminaient. Ils glissaient le long des rues en pente descendant vers la falaise, pénétraient dans le lacis de ruelles tortes sans y perdre leur âme. Les toits de tuiles les renvoyaient en les multipliant comme les facettes d'un diamant.

— Quel éblouissement ! s'exclama Léa. Cette terre semble irréelle.

— Elle l'est, dit Raymond. Mais il ne faut pas s'y fier. Cette beauté est un masque. Derrière, tout peut arriver. Le meilleur et le pire. Le vrai, le faux, la réalité, l'invention s'y mêlent comme partout en Provence.

Ils abandonnèrent la voiture sur un terre-plein et se dirigèrent vers le val des Fées, distant de quelques pas.

L'endroit méritait son nom. La poudre d'ocre, compressée au fil du temps, était devenue dure et compacte. Elle s'érigeait en longues aiguilles dressées dans l'azur, en chandelles incandescentes, piliers naturels, colonnes orgueilleuses déchiquetées par l'érosion. Dans les carrières abandonnées, les ouvriers avaient construit des cathédrales en taillant des ogives à la pioche.

— La mienne est encore en exploitation, précisa Raymond. Allons la voir. Je te montrerai les diverses phases du travail, comment on extrait l'ocre, comment on la pulvérise et on l'épure pour obtenir la qualité. Plusieurs opérations sont nécessaires.

— N'en avons-nous pas assez vu ? hasarda Léa, gagnée par la fatigue.

— Non. Il te faut apprendre. J'ai besoin que tu sois au courant. Rien ne remplace l'expérience directe. Quand tu connaîtras les différentes composantes de mon domaine, que tu seras initiée aux travaux, il sera temps d'aviser.

— Jamais je ne retiendrai tout ça !

— Je te fais confiance. Je t'ai observée chez les Passedègue.

— C'était moins compliqué.

— Tu le peux. Ce n'est qu'une question de degré et de temps.

Le sol creusé formait une fosse quadrangulaire assez régulière, profonde de trois à cinq mètres. Depuis cet espace, grossièrement aplani, des rails amenaient vers un hangar éloigné de trois cents mètres des wagonnets chargés de minerai. Du côté opposé s'ouvrait la bouche noire de la galerie principale où les ouvriers carriers l'extrayaient. Plusieurs galeries annexes se ramifiaient à l'intérieur.

Léa et Raymond observaient depuis le promontoire le va-et-vient des hommes jaunis par la poussière. L'un d'eux, en train de pousser une brouette chargée de blocs couleur safran, attira l'attention de Léa. Il s'arquait sous le poids du fardeau. Les muscles de son dos se contractaient de façon impressionnante.

L'homme était brun. Des filets de sueur coulant sur sa peau dessinaient des méandres qui diluaient la couche d'ocre sur leur passage.

Il posa les bras de la brouette, se redressa de toute sa taille, s'étira avec une souplesse de félin. Il était grand, les épaules carrées, costaud. Il se retourna, regarda dans la direction de Léa. Leurs regards se croisèrent un moment. Gênée, elle résista à l'envie de détourner les yeux. L'homme soutint son regard et lui sourit. Puis il se remit au travail.

Raymond lui expliquait le fonctionnement de la carrière. L'esprit ailleurs, elle n'écoutait pas. Elle songeait à l'inconnu qui disparaissait dans une galerie. Elle ne l'avait vu qu'un bref instant. Sa silhouette restait cependant imprimée dans sa mémoire. Elle se souvenait des détails, sa carrure, son torse nu, la couleur de ses cheveux, l'intensité de son regard. Que penser de cette brève rencontre et de ses conséquences possibles ? Ils n'avaient pas échangé une parole. Juste un regard. Elle était sûre que l'homme avait ressenti la même intensité.

Raymond ne s'était aperçu de rien. Il continuait à parler de ses propriétés, de ses revenus, de ses projets. Il exposait ce qu'il attendait de Léa, pourquoi il l'avait enlevée à l'affection des Passedègue. Le moment venait de préciser en quoi consisteraient ses fonctions, d'en poser les limites et les modalités.

Léa captait par instants des bribes de son discours sans parvenir à fixer son attention. Pour elle, Raymond tournait à vide. Ses paroles la concernaient pourtant. Il importait de mettre les choses au point avant le retour de Fernande, prévu pour la fin de la semaine. Raymond irait la chercher à Montfavet. Pendant le trajet, il la préparerait moralement à accepter la présence de Léa. De bonne ou de mauvaise grâce, cela dépendrait de son humeur.

— Nous reviendrons, dit Raymond. Aujourd'hui, tu n'as qu'un aperçu général.

Elle mentit.

— Ça m'intéresse beaucoup.

— Je m'en réjouis. Bientôt, tu participeras. Tu feras office de porte-parole ou d'intermédiaire. Je te déléguerai certaines tâches. Je ne peux plus assumer seul la totalité.

— Vous m'angoissez. Je n'ai pas l'habitude. Je manque de formation et d'autorité.

— Si je n'avais pas confiance en toi pour ces responsabilités, je t'aurais laissée à Marseille. Tu te débrouillais très bien à la bonneterie. Tu aurais pu faire une carrière de commise. Mais j'ai deviné que ce métier ne te conviendrait pas longtemps. Même si tu ne le sais pas encore, tu as de l'ambition.

— Merci. Vous me redonnez courage.

— Tu n'as pas à me remercier. Ce que je fais, je le fais pour moi.

Elle ne réagit pas à cette affirmation brutale.

Il n'exprimait pas la vérité. L'attitude de Raymond semblait trouble et lourde d'arrière-pensées. Il manœuvrait, poursuivant une stratégie de conquête dont elle s'amusait. Elle le jugeait maladroit et naïf. A son âge, il aurait dû se conduire avec plus de sérieux. Il n'avait pas l'habitude des femmes à cause de son long veuvage.

Elle demanda :

— Pourquoi n'avez-vous pas pris un régisseur, au lieu d'une jeune femme inexpérimentée ?

— J'ai mes raisons.

Elle n'en tira rien de plus.

Les Passedègue évoquaient souvent la situation de Raymond. Il leur avait parlé de sa femme, de leur mésentente au retour de la guerre, de son indifférence, de sa mort qui l'avait libéré d'un fardeau. De toute façon, ils n'auraient pu continuer à vivre ensemble. Ils se seraient séparés tôt ou tard. La disparition de sa femme l'exposait à des remords qui le tourmentaient par moments, jamais longtemps. Il avait maintenant dépassé les quarante ans. Il devait tirer un trait définitif sur le passé, prendre une nouvelle épouse, s'établir, sinon il virerait au vieux garçon et son existence perdrait tout agrément.

Le retour au bercail de la grosse Fernande constitua un événement dans la vie du mas des Terres Rouges. Elle se déplaçait encore d'une démarche hésitante, en s'aidant d'une canne. Elle ressentait cette faiblesse comme un outrage au moment où elle devait absolument faire bonne figure pour affronter sa rivale inconnue. Elle se souvenait des propos de Modeste Picone et se tenait prête à défendre son territoire.

La partie adverse se prévalait du soutien de Raymond. Promise à un poste supérieur, elle se préparait à la rencontre sans grande inquiétude. Dans cette affaire, Léa risquait moins que Fernande. Elle devait néanmoins veiller à ne pas l'offenser. Mieux valait s'en faire une alliée plutôt qu'une ennemie. L'issue ne dépendait pourtant pas de sa volonté.

La mise en présence de Fernande et de Léa, sous le regard vigilant de Raymond, s'effectua sans aménité. L'hostilité entre les deux femmes était tangible. Elles se parlèrent à peine. La grosse bonne toisa la nouvelle venue comme si elle pensait l'écraser de tout son poids. Léa résista vaillamment, sans proférer une parole maladroite qui eût mis le feu aux poudres.

La période d'observation se prolongea plusieurs jours sans que Raymond vît se dessiner de progrès. Il espérait que les choses se mettraient en place d'elles-mêmes, qu'un équilibre s'établirait au gré des circonstances. Rien de semblable ne se produisait. Il lui incombait d'intervenir. Ennemi des tracas, il ne le fit pas de gaieté de cœur. Il ne pouvait laisser la situation s'envenimer. Deux vipères se trouvaient enfermées dans la même boîte.

Un matin, il les convoqua dans son bureau. Pour montrer dans quel état d'esprit il abordait l'entretien, il ne leur proposa pas de s'asseoir. Il les laissa debout, à se dandiner devant lui.

— J'ai décidé que Léa habiterait désormais aux Terres Rouges, où j'ai besoin d'elle, commença-t-il. Cela ne signifie aucunement que Fernande perd ses fonctions. Elles restent ce qu'elles étaient avant son accident.

— J'étais seule à ce moment-là, intervint Fernande.

— Aucune importance ! Pour toi, il n'y a rien de changé. Tu continues ton travail comme auparavant. Le ménage, les courses, la cuisine. Ni plus ni moins. Les prérogatives de Léa ne recoupent pas les tiennes. Son rôle n'est ni de te seconder, ni de s'imposer dans ton domaine. J'entends que chacune respecte l'autre. Je ne veux pas d'éclat dans cette maison.

— Bien, monsieur, fit Léa sous le regard courroucé de Fernande, que cette docilité affectée scandalisait.

— Je dois me rendre à Marseille. Je ne tolérerai aucune querelle durant mon absence, reprit Raymond d'une voix ferme. Que chacune reste à sa place.

Il chapitra les deux femmes pendant une heure, conscient de la vanité de ses efforts. Elles mobiliseraient leurs ressources pour s'opposer. Ses recommandations n'éviteraient ni les pointes perfides ni les coups tordus. L'une finirait par l'emporter sur sa rivale. Elle imposerait sa domination une fois pour toutes.

Raymond misait sur Léa. Moins puissante et moins brutale que la grosse Fernande, elle vaincrait par son intelligence et sa finesse. Elles ne se battaient pas avec les mêmes armes. Léa disposait d'avantages que Fernande ne possédait pas. La nature penchait de son côté.

La jeune femme bénéficiait de l'inclination du patron. Elle n'hésiterait pas à en profiter. L'avenir lui donnerait raison. Léa s'interdisait les pronostics, quoiqu'elle jouât sur du velours. Cette injustice nourrissait la rage de Fernande, consciente de son handicap. Les arguments de Léa étaient hors de sa portée.

Raymond se rendit donc à Marseille. Il avait des affaires à régler avec les Passedègue. Durant son séjour, aucune nouvelle des Terres Rouges ne lui parvint. Il n'en demanda pas. Il ne sut pas ce qui s'était passé en son absence. Quand il revint, tout était calme en apparence.

Elles ont bien retenu la leçon. Je me suis fait du souci pour rien, se félicita-t-il.

13

La carrière de la Malavida, qui appartenait à Raymond Sigean, était l'une des dernières en activité. Elle était néanmoins condamnée à disparaître pour les mêmes raisons qui avaient amené la plupart des propriétaires à cesser leurs activités. Son seuil de rentabilité avait chuté au rythme de l'évolution de la société, qui bougeait partout sauf ici, où le temps s'était figé. Les entreprises végétaient. Mais, quoi que vous fassiez, l'histoire finit toujours par vous rattraper. C'est comme une grande vague qui naît au loin, qui gonfle et déferle à votre insu. Vous entendez d'abord la confuse rumeur du flot qui va s'amplifiant. Puis apparaît à l'horizon le formidable rouleau porteur de cette musique sauvage. Enfin, avant même que vous en ayez pris conscience, elle est là. Elle vous submerge. Toutes vos précautions et vos défenses ne servent à rien contre le flux de sa formidable puissance.

Les goûts du public se portaient désormais vers

d'autres matériaux produits industriellement et, de ce fait, moins chers. Il aurait fallu réduire la main-d'œuvre, acheter des machines performantes, modifier les méthodes. Il aurait fallu investir davantage d'argent et, au nom de la rentabilité, briser des hommes qui n'avaient pas démérité.

Raymond ne se résignait pas à commettre de tels actes, économiquement justifiés mais humainement blâmables. Il appartenait à la vieille école. Il répugnait à mettre un employé à la porte, à l'exposer à la dureté du chômage. Il mobilisait l'illusion contre la réalité.

Un jour, les affaires reprendraient, elles redeviendraient florissantes, comme autrefois. Le potentiel de son entreprise demeurait intact. Au cas où le marché redeviendrait porteur, il serait aussitôt disponible. On n'en prenait malheureusement pas le chemin. En attendant l'embellie espérée, il fallait serrer les dents et tenir. Raymond était la pierre angulaire de l'édifice. S'il flanchait, celui-ci s'écroulerait. Il entraînerait dans sa chute les biens, l'argent et les hommes.

La clientèle, séduite par le modernisme, délaissait les traditions et les pratiques ancestrales, jugées caduques, pour embrasser en aveugle les nouveautés. Si cela continuait, la Provence ne ressemblerait bientôt plus à la Provence. Elle perdrait son âme. Même ici, un de ses fiefs les mieux protégés et des plus intangibles. Pascal Gagnière, le vieux félibre, l'affirmait avec une sage résignation : « Ce n'est pas en jouant du galoubet qu'on arrête une locomotive. »

A présent, quand les maçons entreprenaient la

construction d'une maison ou d'une ferme, ils se moquaient du passé. Ils respectaient la volonté des propriétaires qui voulaient du neuf et, pour cela, modifier l'architecture, changer d'aspect. Apparaissaient des murs de pierres apparentes là où jadis on eût mis du crépi. L'hérésie se répandait parmi les nouveaux riches et touchait même des Provençaux de vieille souche. Dans plusieurs lieux, sur la couche de ciment et de plâtre, les vandales badigeonnaient de la peinture.

Les commandes se raréfiaient en conséquence. Les plus optimistes pensaient qu'on traversait une crise, les plus lucides tenaient le processus pour irréversible. Désormais, les ondes de choc qui se produisaient en un coin de la planète se propageaient partout dans le monde et rendaient les hommes solidaires malgré eux. Il existait de moins en moins de zones épargnées, vivant repliées sur elles-mêmes, en autarcie.

Sigean n'écoulait plus les mêmes quantités qu'autrefois. Les stocks s'accumulaient dans les hangars. Leur entretien coûtait aussi cher que la production. Pour n'être pas submergé, il réduisait celle-ci au minimum. L'argent dormait sans engendrer d'intérêts. L'immobilisation de la matière entraînait des frais supplémentaires qui grevaient le budget.

Parfois, il réduisait les tarifs, vendait à perte pour se débarrasser des ocres excédentaires, faire de la place. La carrière continuait de fonctionner grâce à la volonté de Raymond qui refusait de baisser les bras.

La Malavida appartenait à sa famille depuis trois générations. Il ne la braderait pas. C'était une question d'honneur.

La crise boursière de 1929 avait entraîné des conséquences néfastes jusqu'ici, dans ce coin de Provence où presque personne ne savait où se situait Wall Street, ni ce que c'était exactement. Les ouvriers, malgré la dureté de leur travail et l'insuffisance de leur salaire, ne se plaignaient pas de leur sort. Ils ne revendiquaient pas, ne réclamaient pas d'augmentation. Par ces temps de vaches maigres où le chômage battait des records, ils avaient du boulot et gagnaient leur pain.

Le seul à rechigner et à oser émettre des idées subversives se nommait Victor Bardini. Il venait d'ailleurs de la Savoie ou du Piémont, on ne savait trop. Il était arrivé cinq ans plus tôt et s'était installé au pays. Comme ce solide gaillard semblait honnête et travailleur, Sigean l'avait pris à l'essai à la carrière. Il donnait satisfaction. Il était resté.

Bardini n'aimait guère ce travail ingrat qui rapportait peu. Mais il ne pouvait pas se permettre de faire le difficile. Par rapport à ce qu'il avait connu auparavant, il jugeait la mentalité arriérée. Ses camarades ne connaissaient rien aux mouvements sociaux. Les idées politiques ne perçaient pas l'os épais de leur crâne.

Titulaire du certificat d'études primaires, sachant lire, écrire et compter, Victor se distinguait de ses camarades par l'instruction et l'expérience sociale. Il possédait même des livres d'inspiration socialiste qui donnaient à réfléchir. Il ne se confiait pourtant pas, n'ayant personne à qui parler de ces sujets délicats dont il comprenait l'importance pour les gens de son espèce. Il n'avait pas intérêt à ce que cela se sache. Les villageois eussent vite monté l'information en épingle.

Les ouvriers, pour la plupart, ne voulaient ni voir ni comprendre. C'était pire avec les paysans. Ils ressentaient le changement comme une menace et restaient fidèles aux conduites ancestrales ayant fait leurs preuves. Victor ne voulait pas d'ennuis. Si on le remarquait, il serait de nouveau obligé de fuir. On le traiterait une fois de plus de brebis galeuse, de trublion, de rebut de la société. Il avait assez payé pour se taire et filer doux. Il voulait se fixer, faire son trou, oublier les luttes qui l'avaient meurtri. A Roussillon-de-Vaucluse, il était bien.

Victor accomplissait son travail correctement, mais sans zèle. Il n'aimait pas ce qu'il faisait. Casser et transporter des cailloux ne l'intéressait pas. En fait, deux vocations complémentaires le sollicitaient, l'une favorisant l'autre. D'une part, il adorait les femmes. Il ne pouvait s'en passer. C'était un séducteur impénitent, un coureur incapable de résister à un jupon. Le drôle pouvait se prévaloir d'un tableau de chasse impressionnant. Il savait parler aux femmes, les intéresser, les faire rire. Il se montrait doux et tendre sans perdre de sa virilité. On le disait bon amant. Sa réputation attirait les frustrées, les inassouvies. Celles qu'il préférait étaient les curieuses, les avides, les chasseresses qu'il traitait en égales, comme des partenaires.

Sa seconde passion était la musique. Il jouait de

l'accordéon. Il avait appris seul, en pratiquant. Il ignorait évidemment le solfège, n'ayant jamais suivi de cours. Il gravait les morceaux dans sa mémoire et se fiait à son oreille pour les interpréter. Ses prestations lui valaient de beaux succès. Des admiratrices se pâmaient en l'écoutant, prouvant par là que la musique était le meilleur auxiliaire de l'amour.

Ce don Juan de village possédait une qualité rare chez les hommes de son espèce : il ne se vantait pas de ses bonnes fortunes et ne salissait pas l'honneur de ses maîtresses en portant leurs ébats sur la place publique. Avec lui, elles jouaient la carte de la discrétion.

La visite de Sigean en compagnie d'une inconnue l'intriguait. La fine silhouette de Léa se profilait dans le soleil. Une petite brise ajustait son vêtement à la peau. Elle se tenait à proximité du patron, légèrement en retrait, comme étrangère à ce qui se passait. Il se demanda quels rapports ils entretenaient.

Il avisa un de ses compagnons et lui posa la question :

— Qui est la femme qui accompagnait Sigean, tout à l'heure ?

— Connais pas. C'est la première fois que je la vois.

— J'espère que ce ne sera pas la dernière.

— Qui sait ! On dit que Sigean héberge une fille de la ville.

— C'est sans doute elle. Tu connais son nom ?

— Eh ! que veux-tu que j'en fasse ! Elle t'intéresse ?

— Elle est jolie.

Depuis le coup de semonce de Raymond, la paix signée entre Léa et Fernande tenait. Vues de l'extérieur, leurs relations s'amélioraient. Elles respectaient le statu quo. Si cette paix sauvait les apparences, elle n'en était pas moins fragile. Les deux femmes ne cessaient de s'observer, chacune prête à exploiter les failles de sa rivale. Sans l'autorité de Raymond, elles se seraient entre-déchirées à coups de griffes et de dents.

Fernande incarnait la paysanne solide et têtue, dépourvue d'intelligence et de finesse. Léa, citadine habituée aux épreuves de la rue, avait acquis de la force et de la ruse, une grande capacité de réaction. Elle avait lutté pour survivre et n'avait peur de rien. Tout ce qui arriverait serait meilleur que ce qu'elle avait vécu.

Elles étaient complémentaires sans le savoir et auraient dû s'entendre. Ce qui les poussait à l'affrontement, c'était la faveur de Raymond. Fernande redoutait qu'il ne l'évinçât au profit de Léa. Léa craignait que Fernande ne l'empêchât de réaliser ses ambitions. Chacune campait sur ses positions en s'efforçant de faire bonne figure. A la première occasion, le conflit se ranimerait.

Les premiers temps, Fernande se réadapta, non sans difficulté, aux Terres Rouges. Léa était passée par là. La grosse bonne ne retrouvait plus ses marques. Selon les variations du climat, des douleurs s'emparaient de ses membres. D'après le chirurgien, elle garderait des séquelles de son accident. Retrouver ses aptitudes d'autrefois demanderait du temps. L'âge et le poids entraveraient le processus. L'âge continuait sa progression inexorable. Quant à maigrir, elle n'y songeait pas.

Léa ne s'occupait plus des soins du ménage ni des travaux de force. Elle avait un bureau au rez-de-chaussée où Raymond venait l'initier au fonctionnement du mas et de ses diverses propriétés. Son travail se superposait à celui de Fernande. Elle apprenait vite et retenait. Elle accomplit en peu de temps de réels progrès dont il la félicita.

Raymond connaissait son affaire et expliquait bien. Il appréciait la compagnie de la jeune femme. Souvent, il demeurait à ses côtés plus qu'il n'était nécessaire. Depuis qu'elle séjournait aux Terres Rouges, elle avait embelli. A moins que son regard sur elle n'eût changé. Elle était là, chez lui, en permanence, dans la familiarité des jours, presque dans son intimité.

Cette proximité n'était pas sans effet. Il la trouvait moins fatiguée, moins tendue, moins terne. Elle mangeait à sa faim, jouissait d'un confort inhabituel, du bon air de la campagne et d'un calme inconnu dans la turbulente Marseille. Elle commençait à saisir ce que Raymond voulait. Il lui offrait un poste à responsabilités assez mal défini pour lequel le terme de gouvernante ne convenait pas. Ses prérogatives touchaient à des domaines fort différents, allant de la bonne marche de la maison aux visites dans les fermes, avec des incursions dans les activités commerciales.

Elle touchait pour cela un salaire conséquent en sus des avantages en nature. Nourrie, logée et blanchie, ne dépensant à peu près rien, elle mettait de l'argent de côté en cas de coup dur. Malgré les assurances reçues quant à son avenir aux Terres Rouges, elle réagissait toujours en pauvre.

Léa découvrit une chose étonnante : l'exercice de responsabilités pour lesquelles elle estimait n'avoir pas de dispositions révélait chez elle des aptitudes jusque-là insoupçonnées. Elle valait mieux qu'elle ne pensait dès lors que la situation la mettait à l'épreuve. Elle puisait dans les obscurs méandres de son être les forces nécessaires à l'accomplissement de sa tâche. Quand elle en prit conscience, elle se tourna résolument vers l'avenir. Elle passa en quelques jours de l'humilité à l'assurance.

Raymond, témoin de cette évolution, l'en apprécia davantage. Il se félicitait de son insistance auprès des Passedègue pour la prendre à son service et l'emmener aux Terres Rouges. Le jour où ils avaient accepté avait scellé son propre destin et celui de Léa.

Tandis qu'elle écrivait, penchée sur le registre, il admirait son profil, la courbe du front, la finesse du nez légèrement retroussé, le dessin de la bouche aux lèvres nettes et charnues, le menton volontaire, le long cou souple au-dessus des épaules rondes. Elle avait l'oreille bien ourlée. Ses fins cheveux tirés en arrière frisottaient sur la tempe.

Léa sentait le regard de Raymond posé sur elle. Il glissait sur son visage comme une imperceptible caresse. Elle se retournait parfois et souriait.

La grosse Fernande constatait avec rage les progrès de sa rivale. En comparaison, elle ne possédait que des armes dérisoires. Elle avait vécu de longues années auprès de Raymond sans qu'il lui fît la moindre avance. Elle n'était à ses yeux qu'une bête de somme. Il ne reconnaissait pas en elle une femme. C'en était pourtant une qui portait le fardeau de sa disgrâce physique sans pour autant être à l'abri des sentiments et des désirs de son sexe. Méconnaître cette réalité constituait une faute.

Elle remuait de sinistres pensées en se rendant à Roussillon où elle avait l'habitude de faire les courses. Elle discutait avec les commerçants, faisait escale au bureau de poste où convergeaient tous les ragots de la région.

En sortant de la boulangerie, elle se heurta à Modeste Picone. Ce diable d'homme avait le don d'ubiquité. Quelque chemin qu'elle empruntât, elle le croisait. A croire qu'il la suivait à la trace. Elle n'avait pas envie de lui parler. Il était pourtant là, avec son sourire fielleux, ses yeux d'un brillant inquiétant. Impossible d'échapper à ses griffes. D'autant qu'il ne manifestait aucune mauvaise intention. Au contraire, il l'abordait avec aménité, en douceur. Il l'enrobait de miel – mais c'était du miel empoisonné où les abeilles avaient laissé leur dard.

— Comment ça se passe aux Terres Rouges ? s'enquit-il.

— Mal. Léa prend toute la place. Raymond lui fait les yeux doux. Il va la mettre dans son lit. Je vais être obligée d'obéir à cette garce.

— Ne baisse pas ta garde, Fernande. Je connais ce genre de fille. Aux premiers succès, elles s'enhardissent. Il faut les surveiller de près. Ta Léa commettra une erreur, une faute. C'est inévitable. Charge-la, amplifie, sape sa réputation dans le cœur de Raymond. Qu'il comprenne qu'il s'est fourvoyé, que cette gourgandine l'a berné, qu'elle s'est servie de lui. L'opinion sera de ton côté. J'en suis sûr.

— Oh ! Je ne lâcherai pas prise. Je suis tenace.

— Très bien. J'aime te voir dans de telles dispositions. Je te le répète : tu peux compter sur mon aide. Raymond est trop heureux pour être honnête.

14

L'ocre était extraite d'un minerai qui se présentait en couches superposées dont l'épaisseur pouvait atteindre trente mètres. Sa compacité exigeait de recourir à l'emploi d'engins ou d'explosifs. La richesse en ocre pure variait d'un gisement à l'autre, mais elle ne dépassait pas vingt pour cent, le reste étant composé de sable siliceux. Pour obtenir la poudre, il fallait arracher des tonnes de roche, casser les blocs, les pulvériser, les acheminer vers les fours.

Léa s'étonnait que l'exploitation nécessitât une telle somme de travail. Elle pensait naïvement, en voyant les épaisses couches jaunes, qu'on en tirait directement la précieuse poudre. Elle apprenait qu'il y avait d'énormes déchets. Plusieurs opérations s'avéraient nécessaires avant d'obtenir un résultat satisfaisant. Les explications commençaient à l'intéresser. Elle retourna à la Malavida pour observer les ouvriers à l'œuvre. Elle chercha en vain celui qui l'avait si fort impressionnée le premier jour. Il n'était pas à son poste de travail, à l'intérieur des galeries. Elle ne le vit pas. Elle en fut déçue.

Le contremaître Canolive la reconnut. Raymond l'avait averti de sa venue. Il lui servit de guide, lui fit visiter les lieux en multipliant les commentaires.

Les ocres crues contenaient de l'oxyde de fer, responsable de leur couleur. On les chauffait dans des fours à bois. La température atteignait neuf cents degrés. Sous l'effet de la calcination, le jaune virait au rouge.

Cette transformation offrait quelque chose de fascinant. Une transmutation mystérieuse comme le grand œuvre des alchimistes. Léa s'émerveillait. Plus réaliste, le contremaître précisa qu'il ne s'agissait là que de banale chimie. Le phénomène était naturel, parfaitement connu et explicable.

L'ocre arrivait en tête du four pour être acheminée vers le brûleur. Cette traversée s'effectuait en un quart d'heure. Lorsqu'elle parvenait à l'autre extrémité, elle était cuite à point. A cause de sa température élevée, on ne pouvait pas la traiter tout de suite. Il fallait qu'elle refroidisse. Cela exigeait plusieurs jours, après quoi elle était broyée et ensachée.

Le contremaître se passionnait pour ce travail. Léa l'écoutait attentivement. Elle ne s'était jamais posé de questions au sujet des produits. Elle les utilisait sans imaginer ce qu'il fallait d'invention et de savoir-faire pour les livrer propres à l'usage. Elle découvrait que les choses étaient plus complexes qu'elle ne le croyait.

— Vous savez, dit le contremaître fier d'exhiber ses

connaissances, tout se passe un peu comme pour le vin où l'on mélange plusieurs cépages. Chez nous, pour obtenir la teinte désirée, on utilise des ocres provenant de plusieurs gisements. Il faut avoir l'œil juste.

Des camions transportaient ensuite le minerai sur des aires de lavage où l'on éliminait le sable et les impuretés par lévigation. Un flot d'eau entraînait le mélange dans un *batardeau*. Le sable, plus lourd, se déposait au fond. L'ocre, plus légère, se maintenait en suspension. Elle se déversait dans des bassins de décantation contenant deux cents mètres cubes. Au mois de mai, quand l'ocre avait pris consistance, les ouvriers découpaient des mottes qu'ils disposaient autour des bassins. Le mistral et le soleil faisaient le reste.

— Vous vous intéressez à ces choses ? s'étonna le contremaître. Ce n'est pas banal. La plupart des visiteuses viennent en curieuses. Vous, non.

— Nous aurons l'occasion de nous voir assez souvent. Si je ne me familiarise pas avec l'exploitation, il ne me sera pas possible d'accomplir mon travail. Monsieur Sigean attend de moi du sérieux et de l'efficacité.

— Ce n'est pas la place d'une femme, observa le contremaître, dubitatif.

La remarque piqua Léa.

— Que savez-vous de la place des femmes ? rétorqua-t-elle. N'ont-elles pas tout assumé pendant que les hommes se battaient ? Pendant quatre ans de guerre, elles ont fait leurs preuves. Prétendriez-vous qu'elles ont démérité ?

— Je ne dis pas cela. Mais, enfin, il suffit de regarder. Ici, tout autour de vous, il n'y a que des hommes. Ils font un métier dur qui exige de la force et de l'endurance.

— Eh bien ! Maintenant, il faudra compter une femme.

L'air résigné, il s'abstint de commenter ces propos qui le choquaient. Il n'en pensait pas moins qu'il existait des professions interdites aux femmes et qui devaient le rester. Sinon, où irait le monde ?

Une lueur d'ironie anima le regard de Léa.

— Ne croyez pas pour autant que je vais prendre la pelle et la pioche pour casser la montagne. Je n'ai pas l'intention de supplanter vos gros bras, monsieur Canolive.

Léa s'habituait au pays. Elle redoutait seulement le calme et l'ennui qui collaient à la campagne. Elle appréciait sa nouvelle vie. Marseille, avec son animation, ses bruits, ses turbulences, ne lui manquait pas autant qu'elle le supposait. Elle y pensait quelquefois sans regret. Elle réussirait mieux ici, sous la protection de Raymond. Plus de six mois s'étaient écoulés depuis son arrivée et elle était devenue une autre femme. Elle avait pris de l'assurance. Son vrai caractère se révélait. Elle assistait médusée à sa métamorphose.

Comme prévu, la rivalité avec Fernande tournait à son avantage. La grosse bonne se heurtait à un obstacle incontournable : le sentiment de Raymond pour sa gouvernante. Il ne l'exprimait pas directement, mais il transpirait de tout son être. En présence de Léa, il ne dissimulait plus son émoi.

Fernande assistait impuissante au rapprochement de Raymond et de Léa. Celle-ci se prêtait au jeu. Elle déployait tout l'arsenal de la séduction pour gagner un cœur qui lui appartenait déjà. Elle n'éprouvait cependant pas le même sentiment envers Raymond. Ils formaient dès l'origine un couple déséquilibré. La sincérité ne réglait pas sa conduite. Elle trahissait la manœuvre, le calcul, une certaine duplicité.

Du point de vue de Fernande, Léa était une aventurière, une intrigante qui ne reculerait devant rien pour se tailler une place dans la société. En répondant aux vœux de Raymond, elle saisissait sans états d'âme l'opportunité d'une promotion sociale offerte. Un autre homme eût aussi bien fait l'affaire. Or, rien de solide ne se construisait sur la duplicité, sans des bases saines, des assises solides. Raymond allait au-devant de graves ennuis en fermant les yeux sur les faiblesses de la femme qu'il avait choisie.

Même si Léa ne partageait pas les sentiments de Raymond, il ne lui était pas indifférent. Elle éprouvait de la reconnaissance. Elle était prête à devenir sa compagne. S'il le lui proposait, elle accepterait. Raymond n'était pas dépourvu d'attraits. Il avait un physique convenable. Il présentait bien. Il avait du caractère, du pouvoir, de la fortune. C'était le genre d'homme sur lequel une femme s'appuyait.

Fernande ne jugeait pas avec pertinence de la situation parce qu'elle ne savait pas tout. Des pièces manquaient pour comprendre pourquoi et comment Léa était arrivée aux Terres Rouges. Elle ignorait les transactions menées entre Raymond et les Passedègue, au terme desquelles il avait pris la jeune femme. Il la leur avait en quelque sorte achetée. Il avait versé de l'argent pour l'avoir, comme un vulgaire maquereau. Elle lui appartenait parce qu'il l'avait payée. Il ne l'oubliait pas. Elle non plus.

Il n'existait pas d'alternative pour Léa, à moins de retourner à la rue, condamnée à dénicher de petits boulots provisoires, à mendier sur la voie publique ou à vivre de ses charmes. Sans doute les Passedègue, malgré leur grande générosité, ne la reprendraient-ils pas. Quant à Antoine Briguetti, après ce qu'elle avait fait, mieux valait n'y point songer. En suivant Raymond, elle saisissait sa seule branche de salut. Qu'elle profitât ensuite de l'avantage pris sur le patron, n'était-ce pas de bonne guerre ? Pas de scrupules ni de remords.

Un matin que Léa était seule – Fernande étant à Roussillon pour les commissions – Raymond précipita les choses. Le moment était venu de transformer leur relation. Elle se trouvait sur la terrasse, assise dans un fauteuil d'osier, occupée à lire des magazines. Il s'approcha sans bruit par-derrière, pour ne pas trahir sa présence. Il posa les mains sur ses épaules. Elle sursauta, se retourna brusquement. Il prévint ses paroles.

— Ne bouge pas, dit-il.

— Mais...

— Reste assise.

Ses mains, sur les épaules de Léa, commencèrent à s'animer. A la fois fermes et douces, elles propageaient leur chaleur au corps de la jeune femme qui s'abandonnait. Ce moment devait arriver. Elle s'était préparée à ne pas céder trop vite, mais sa résolution ne tint pas devant l'émoi de sa chair. La fièvre la gagna. Une onde partait de son ventre, refluait, s'élançait de nouveau, chaque fois plus intense.

Raymond empoigna ses seins sous la chemisette et les malaxa doucement. Elle geignit.

Léa n'ébaucha pas un geste pour le repousser. Elle ferma les yeux, concentrée sur le plaisir procuré par les mains de Raymond. Sa respiration se précipita, devint rauque. Elle n'était plus qu'un objet de désir à sa merci. Il était le maître. Elle lui appartenait.

Il prit sa main et l'entraîna dans la maison. Elle le suivit docilement. Ils n'avaient pas échangé une parole. Ils agissaient de concert comme si cela était prévu, décidé de longue date. Dans la chambre, Léa se déshabilla prestement et s'étendit sur le lit.

— Viens ! Prends-moi.

Il se précipita sur elle avec une avidité animale. Il la pénétra comme une fille, avec une brutalité qui la surprit. Elle suffoquait sous son poids. Heureusement, cela ne dura pas. Il s'agita en elle une ou deux minutes, cria son plaisir, et se retourna sur le dos sans rien dire. Il resta un moment immobile. Puis il prit une cigarette et fuma.

Léa s'abstint d'exprimer sa déception. La prochaine fois ne pouvait qu'être meilleure, se rassura-t-elle. En effet, au bout d'un moment, le désir de Raymond se ranima. Il l'embrassa et la caressa avec beaucoup de tendresse. On aurait dit qu'il ne s'agissait plus du même homme. Elle vibra sous ses doigts. Il apprivoisait patiemment ses sens. Elle gémissait doucement. Quand elle fut prête, il la posséda à son rythme, épousant son désir, le prévenant, s'appliquant à la conduire jusqu'à l'orgasme.

Raymond était vigoureux. Léa connut le plaisir entre ses bras. Il lui déclara son amour. Elle répondit qu'elle l'aimait aussi. Peut-être le pensait-elle vraiment à cet instant. Elle était encore sous l'influence du plaisir qui se retirait lentement de son corps, comme un mouvement de marée. Il dit qu'il ne pourrait plus se passer d'elle.

— Je savais que ça finirait ainsi, dit-elle.

— Dis plutôt que ça commence.

— Qu'allons-nous faire ?

— Nous montrer tels que nous sommes. Nous n'avons rien à cacher. Je veux que nous nous aimions au grand jour.

— Que diront les gens ?

— Je n'ai de compte à rendre à personne. Je suis heureux. Si mon bonheur les gêne, tant pis pour eux !

— Toi, ils n'oseront pas te critiquer. Tu leur en imposes. Ils connaissent ton pouvoir. Tu es un notable. Ils se vengeront sur moi. Ils me traîneront dans la boue.

— Je ne les laisserai pas faire.

— Ils passeront outre !

— Je sais comment stopper ces malveillances.

— Dis.

— Ce n'est pas encore le moment. Un peu de patience.

Il résista à l'insistance de Léa, refusant de satisfaire sa curiosité. Dès lors, elle ne cessa d'échafauder des hypothèses. Il en avait dit trop ou pas assez. Il avait enflammé son imagination. Elle revint plusieurs fois à la charge – particulièrement dans les moments d'intimité torride. Il ne céda pas.

— Tu verras. Ne sois pas pressée. Chaque chose vient à son heure.

Ses paroles attisaient l'impatience de Léa. Son travail, devenu captivant, la détournait de cette idée fixe. Raymond l'occupait aussi beaucoup. Elle pensait maintenant à lui d'une façon différente, conformément à son changement de statut. Ces indices suffisaient pour que la grosse Fernande comprît qu'elle ne jouirait plus longtemps de sa liberté. Ses semaines étaient comptées. Elle passerait sous la coupe de Léa, seule et vraie maîtresse des Terres Rouges. Léa n'aurait pas la victoire clémente. Elle ne ménagerait guère sa rivale déchue. Peut-être réclamerait-elle sa tête.

Fernande maudit l'accident qui l'avait tenue trop longtemps immobilisée. Le malheur venait de là. Si elle était restée à sa place, Raymond ne se serait pas dévergondé avec cette Marseillaise qui la narguait. N'était-il pas heureux, avant ? Ne menait-il pas une existence réglée, sans souci ? Que manquait-il à son bonheur ? Etait-ce, comme le prétendait cette âme damnée de Picone, que le célibat commençait à lui peser ? Elle croyait pourtant Raymond à l'aise dans son costume de veuf.

Les histoires d'amour échappaient à Fernande, sans expérience dans ce domaine. Les coups du cœur la prenaient au dépourvu. Elle se découvrait malhabile et désarmée. Aucune stratégie ne guidait sa conduite. Elle eut donc recours, une fois de plus, à Modeste Picone. Il l'écouta attentivement, sans l'interrompre. Puis il donna son sentiment :

— Tu as raison, Fernande, ton patron est amoureux de cette donzelle. Il ne s'agit pas d'une passade, sinon, après l'avoir eue, il l'aurait renvoyée. Envisageons les choses sur le long terme.

Il écrasa son mégot dans le cendrier d'un geste nerveux. Fumer beaucoup était chez lui signe d'irritation ou de perplexité. Il alluma une nouvelle cigarette et reprit :

— Si les choses se déroulent comme tu les décris, nous allons droit au mariage.

— Au mariage ? Seigneur Dieu !

— Raymond épousera Léa, ça ne fait aucun doute.

— Alors, la partie est perdue.

— Au contraire : en épousant Raymond, elle devient plus vulnérable.

— Je ne te suis pas.

— C'est simple. Elle gagne un mari, elle perd sa liberté. Le moindre faux pas devient de ce fait beaucoup plus grave.

— En fera-t-elle ?

— J'en prends le pari. Exposons-la à la tentation, poussons-la dans les bras d'un vrai séducteur. Elle cédera. Cette fille a du feu dans les veines. Cela se sent. Elle est infidèle de nature. Il suffit de la regarder, elle aime les hommes, c'est évident.

Modeste s'employait à entretenir la réputation de femme légère faite à Léa. Les villageois ouvraient des oreilles complaisantes. De mauvaises langues, non moins complaisantes, relayaient ses allégations. Léa n'en savait rien, Raymond non plus.

15

Huit mois s'écoulèrent avant que Raymond décide d'épouser Léa. Elle accepta avec joie. Sans surprise. La perspective de devenir madame Sigean, patronne des Terres Rouges, flattait son orgueil. Elle prenait sur son passé une revanche éclatante. Elle considéra le mas d'un œil neuf. Il lui appartiendrait dans quelques jours, il deviendrait *sa* maison. Elle aurait un toit à elle pour la première fois de sa vie. Cet événement l'émouvait aux larmes.

Un élan de gratitude la porta vers Raymond, son bienfaiteur, son amant, son époux. Elle l'embrassa. Elle coulerait désormais à ses côtés des jours paisibles, sans souci, heureux. Le bonheur lui tournait le dos depuis sa naissance. Maintenant, il était là, à sa portée. Elle ne le laisserait pas passer.

Raymond et Léa vivaient en concubinage depuis plus d'un an. Il estimait les délais suffisants. Il avait appris à connaître Léa et à l'apprécier. Elle révélait de réelles qualités. Elle s'adaptait à sa nouvelle vie. Elle remplissait son office avec compétence. A force de se déplacer dans la région, celle-ci n'avait plus de secrets pour elle. On la prenait pour une autochtone.

Cependant, pour de mystérieuses raisons, le village ne l'avait pas encore adoptée. On lui faisait bonne figure en surface, mais elle ne fréquentait personne. Elle n'avait pas réussi à se faire une seule amie. Elle souffrait de solitude. A Marseille, avec la foule qui se pressait dans les rues, elle ne se sentait jamais seule. Les contacts étaient faciles. Ici, elle se sentait repoussée, perpétuellement sous surveillance. Il y avait des yeux partout, derrière les jalousies, dans les arbres, dans les murs même. L'esprit de clocher régnait dans toute sa petitesse et son horreur. Elle demeurait une étrangère.

Le mariage en fournit la triste preuve quand il s'agit de trouver les témoins. Le docteur Jacques Lagarde et maître Emile Despérade acceptèrent avec enthousiasme d'être ceux de Raymond. Pour Léa, personne ne se proposa. Fernande, sollicitée par Raymond, refusa tout net. Une telle proposition l'offensait !

Cette union engendrait des conséquences néfastes qui la bouleversaient. Elle refusait d'en être complice. Le mariage de Raymond et Léa anéantissait ses rêves et ses pauvres ambitions. Il la ramenait définitivement à l'état de boniche, de souillon. Elle envisagea de partir. Elle chercherait une autre place, loin des Terres Rouges. Peut-être retournerait-elle à Graveson, sa ville natale, où elle n'avait plus mis les pieds depuis des lustres. Des cousins vivaient encore là-bas, de vagues parents, des connaissances.

Léa ne pouvant se marier sans témoins, en désespoir de cause, on se tourna vers les Passedègue. Malgré les frais et les tracas du voyage, malgré la nécessité de fermer exceptionnellement la boutique, ils acceptèrent, heureux de revoir leur ancienne protégée et de participer à son triomphe. Raymond les hébergerait aux Terres Rouges. La maison ne manquait pas de chambres.

Léa se félicita de les accueillir et de s'occuper d'eux. Ils avaient tant fait pour elle ! Elle leur devait même, indirectement, son mariage. Sans les Passedègue, elle n'eût jamais rencontré Raymond. Sa vie aurait pris un cours différent.

Leur affection pour Léa demeurait intacte. Ils se réjouissaient de sa réussite. Elle n'eût pu trouver meilleur parti que leur ami Raymond. Dans une longue lettre, ils exprimèrent leur attachement à l'ancienne commise. Ils égrenaient des souvenirs communs avec nostalgie et prodiguaient des conseils judicieux.

Ni Louis ni Mimi n'étaient de fins lettrés. L'écriture était grossière, les formules maladroites, mais le cœur était là. L'expression des sentiments, lorsqu'elle était sincère, n'avait pas besoin de fioritures.

Le curé Placide célébrerait la cérémonie religieuse dans la chapelle Saint-Blaise, située à proximité des Terres Rouges, assez loin de l'agglomération et des villages voisins, Vernanque et le hameau de Ferviane. Elle semblait avoir été bâtie sur la propriété de

Raymond, qui participait à son entretien. Une foi tiède l'animait. Il respectait l'Eglise, croyait en sa nécessité temporelle. A ce titre, il donnait le denier du culte, souvent davantage. Quand le curé faisait appel à sa générosité, il mettait la main à la poche. Il n'était pas à proprement parler une brebis égarée, seulement une brebis distante.

La réception se déroula au mas. Le nombre des invités ne dépassait pas la quarantaine. Le couple jugea inopportun d'offrir une fête brillante, avec orchestre et tout le décorum. Il se contenterait d'une réunion quasi intime. Raymond avait fait appel à un excellent traiteur d'Avignon qui s'occupait de tout jusqu'au moindre détail. Raymond ne lésinait pas. Le traiteur devait se surpasser.

Pour l'occasion, il avait aussi emmené Léa choisir une robe dans la ville papale. Négligeant les atours traditionnels avec tulle, dentelles, longue traîne, couronne et fanfreluches, elle avait sagement opté pour une sobre robe blanche qui lui seyait à ravir. Raymond l'en félicita. La simplicité allait bien à sa femme.

Pour une fois, Fernande n'assurait pas le service. Les garçons du traiteur s'en chargeaient. Elle avait sa place à table, parmi les invités. Cet honneur la laissait de marbre. Elle mangeait du bout des lèvres, enfermée dans un mutisme têtu. Les convives s'amusaient, pas elle. Elle eût préféré s'isoler dans sa chambre pendant le festin. Fernande considérait ce repas comme un mauvais moment à passer. Elle ne digérait pas la faveur de Léa. Le lendemain, elle irait rendre compte à Modeste Picone.

La pensée de Léa continuait d'obséder Antoine Briguetti. Il n'avait pas perdu tout espoir de la revoir. « Il n'y a que les montagnes qui ne se rencontrent pas », assurait sa grand-mère. Il avait confiance en sa sagesse. Il connaissait beaucoup de monde dans le quartier des halles Delacroix. Par recoupements, il parviendrait à savoir où elle était. Puisque les Passedègue refusaient de le renseigner, il se débrouillerait seul.

Son ami Marcel et sa femme Claudine tentaient de le dissuader de poursuivre des recherches vouées à l'échec.

— Puisqu'elle est partie sans même te laisser un mot, c'est qu'elle a décidé de rompre. Elle ne veut plus te revoir. Tu te martyrises pour rien.

— Ça m'est égal.

— Tu sais, mon pauvre Antoine, on ne ramène pas une femme qui ne veut plus.

— Je saurai ce qui s'est passé.

— A quoi cela te servira-t-il ? lança Marcel.

— C'est mon affaire.

— Nous, ce que nous en disons, intervint Claudine, c'est pour t'éviter du mal. Il faut tirer un trait. Ton histoire est finie.

— Je n'aime pas te voir dans cet état, ajouta

Marcel. Cela n'a que trop duré. Réagis. La ville ne manque pas de jolies filles pour remplacer Léa.

— C'est impossible.

Sa ténacité finit par payer. Il apprit que Léa habitait dans le Luberon. On lui indiqua approximativement l'adresse. Il apprit également que les Passedègue s'y rendraient prochainement. Il conjectura que Léa n'était pas étrangère à ce voyage.

— A quoi cela t'avance-t-il ? dit Marcel.

— Je suivrai les Passedègue. Ils me conduiront à Léa.

— Et après ?

— Je verrai.

— Tu cherches le scandale ? Ce n'est pas digne.

— Au diable la dignité quand il est question d'amour !

— Admettons. Comment iras-tu ? Avec quel argent ? Tu as la tête dans les nuages et tu n'as pas les pieds sur terre.

— Toi, tu n'es qu'un vil matérialiste. Tu ne rêves pas. Tu dois cette infirmité à la boucherie. Les quartiers de viande n'incitent pas à la rêverie.

— Tu oublies Claudine ! Heureusement qu'elle ne t'entend pas. Les chapeaux, c'est de la poésie, vois-tu, c'est du rêve matérialisé par le talent.

Antoine racla les fonds de tiroir, demanda une avance à Firmin Duval, emprunta un peu d'argent à des amis. Avec ce pécule, il payerait son billet de train et trouverait un moyen de locomotion pour rallier Roussillon.

Les troisièmes classes étaient constituées de compartiments séparés par des cloisons. Il n'existait pas de couloir pour passer de l'un à l'autre. Les banquettes de lattes de bois communiquaient au corps les secousses de la voie et brisaient les reins des voyageurs. Le trajet n'en finissait plus. L'omnibus s'arrêtait à toutes les gares. La locomotive crachait des jets de vapeur. Ses flancs de métal battaient sourdement.

Antoine découvrait des noms de villages inconnus. Il était toujours en Provence, mais cette Provence-là n'était pas la sienne. Il avait le sentiment de partir à l'aventure, d'aller dans un pays lointain, vers une destination exotique.

Quand il songeait à Léa, son ventre se nouait d'angoisse. Il se rendait compte, sans vouloir l'admettre, que son ami Marcel avait eu raison de le mettre en garde. Il commettait une folie.

Quand il arriva enfin à destination, il interrogea les villageois pour savoir quelle route prendre. Il entendit parler pour la première fois des Terres Rouges.

— Si vous allez là-bas pour le mariage, jeune homme, vous arrivez trop tard, dit la boulangère. Il a été célébré il y a trois jours par monsieur le curé Placide.

— Quel mariage ? demanda Antoine pétrifié.

— Celui de Raymond Sigean et de mademoiselle Léa, pardi ! On ne parle que de ça dans tout le canton.

Antoine encaissa le coup. Il resta un moment sans prononcer une parole.

— Ça ne va pas, monsieur ? s'inquiéta la boulangère.

Il était pâle comme un mort.

— Si, si, bredouilla-t-il. Je vous remercie.

Il tourna les talons, erra sans but par les rues du village. L'omniprésence de l'ocre donnait le vertige. Son visage était rouge, rouges aussi son cœur et son esprit. Il ne supportait plus cette vision monochrome sur laquelle se superposaient des ombres. Sa vie désormais serait rouge, comme une tache de sang que le temps n'effacerait pas.

Il s'assit sur un banc de pierre, mit son visage dans ses mains, et pleura.

Le retour d'Antoine fut d'une grande tristesse. De mornes paysages se déroulaient derrière la vitre, en harmonie avec son état d'âme. Il se reprochait d'être arrivé trop tard, de n'avoir eu ni le courage ni la hardiesse de voir Léa. Tout ce voyage pour rien ! Le trait que Claudine lui conseillait de tirer, il devait le tirer maintenant. Ce trait ne résultait pas de sa décision, mais d'un arrêt du destin. Il devrait vivre avec dans la poitrine cet amour qui lui rongeait le cœur. Il abritait un rapace qui le dévorait à coups de bec.

Il avait perdu. Il ruminait son amertume. En acceptant sa défaite, il ne refusait pas la permanence de l'amour. Il le conservait contre l'évidence, sauvait un sentiment qui n'aurait plus d'écho et l'exposait à gâcher sa vie. A supposer qu'il rencontrât une jeune femme à son goût, ce qui était probable et conforme aux pronostics de Marcel, il y aurait toujours cet obstacle entre elle et lui. On ne pouvait pas aimer deux fois avec la même intensité, accueillir à égalité deux femmes dans son cœur.

Marcel attendait sur le quai de la gare Saint-Charles. Quand il le vit descendre du train, il comprit. Antoine ressemblait à un bœuf conduit à l'abattoir. Il n'en fut pas surpris. Il s'était opposé à ce voyage absurde, inutile et coûteux, mais on ne raisonne pas un homme amoureux. Seul un grand choc remet ses idées en place. Antoine venait de l'encaisser. Il en était encore abasourdi.

Il appartenait à Marcel et Claudine de s'occuper du pauvre garçon, de le tirer du marasme dans lequel il s'enfonçait sans réagir.

— Ce soir, nous sortons, dit Marcel. J'ai retenu une table chez Peron.

— Tu es fou ! C'est horriblement cher !

— Oui, mais c'est une des meilleures tables de la ville. Et puis, on peut y danser.

— Je n'ai pas le cœur à danser.

— Tu te forceras, voilà tout.

Ils descendirent la Canebière en direction du Vieux-Port. Antoine ne portait qu'un léger bagage. Après le grand hôtel Noailles, ils bifurquèrent sur la gauche pour atteindre la gare de l'Est. Antoine regarda en direction de la bonneterie des Passedègue. Elle était fermée. Un mot était apposé sur la porte d'entrée, avertissant la clientèle d'une fermeture exceptionnelle de cinq jours.

— Je vais prendre le tram et rentrer chez moi, dit Antoine.

— Change-toi. Fais-toi beau. Nous t'attendons à vingt heures chez Peron. Ah ! J'oubliais, il y aura aussi une amie de Claudine, Juliette. Elle travaille chez une couturière de la rue Paradis. Tu verras, c'est une fille adorable.

— Tu me tends un piège, lança Antoine.

— C'est pour la bonne cause.

— Merci. Tu fais ton possible pour m'aider. Je ne suis pas un ingrat. Je n'ai pas envie de flirter, même avec la plus belle femme du monde, mais je viendrai à ta soirée.

— A la bonne heure ! Je suis sûr que ça se passera bien. Juliette te plaira et Claudine sera contente.

16

La réunion se tenait comme par le passé dans une vaste remise rudimentairement aménagée pour la circonstance. La place centrale avait été dégagée, nettoyée, les ustensiles et les engins agricoles poussés dans un coin ne gêneraient pas les spectateurs. On aurait pu les recouvrir d'une grande bâche. On ne l'avait pas fait, estimant qu'ils composaient un décor naturel convenant à l'esprit de la soirée, ou par paresse.

A cette époque, il existait encore des conteurs. De petites troupes de comédiens ambulants pratiquaient leur art de village en village. Un jour sur la place publique, un autre jour dans une grange. Les gens, et pas seulement les vieux à qui ces soirées rappelaient leur jeunesse, ne boudaient pas ces réunions traditionnelles au profit de plaisirs plus modernes. Surtout dans les campagnes où les distractions étaient rares. Elles demeuraient des moments importants qui exprimaient l'esprit et la culture de la région.

Oh, il n'y avait là rien de sophistiqué ni même d'intellectuel. C'étaient des pièces simples sans prétentions, un répertoire de chansons et de contes transmis de génération en génération. Quelques hommes ou femmes prenaient le relais pour les interpréter, chacun ajoutant à sa manière des éléments originaux. Une part d'invention se greffait sur le fonds commun. Ce n'est pas pour autant qu'ils se posaient en artistes. Ils aimaient ce qu'ils faisaient et le croyaient utile.

A vingt heures, le public commença à arriver. Chez les paysans, on mangeait de bonne heure. Beaucoup d'artisans et de commerçants suivaient les mêmes habitudes. La salle était éclairée chichement. Des lampes à pétrole ou à acétylène créaient l'ambiance. Le résultat n'eût pas été le même avec une lumière crue inondant la salle. La pénombre, le clair-obscur convenaient mieux au mystère. Ils préparaient les auditeurs à la parole du conteur.

Raymond et Léa prirent place au premier rang. Quand Raymond avait proposé d'assister à la soirée du conteur Bidourle, Léa avait hésité. Le spectacle ne l'attirait pas. Elle était habituée à des manifestations différentes, de celles qui attirent les citadins. Aller écouter les propos d'un vieil homme sur un siège inconfortable, deux heures durant, ne l'enthousiasmait pas. Raymond avait dû insister. Il remontrait que c'était l'occasion de se mêler à la vie du village, de côtoyer ses habitants. Elle ne pouvait pas se résigner à rester l'étrangère. Elle ne voulut pas le mécontenter. C'était leur période heureuse.

Le père Bidourle était un petit homme maigre, coiffé d'un feutre noir à large bord, à la mode provençale. Il portait la chemise d'indienne, tenue par le cordon de cuir à bout d'argent, et le gilet brodé. Il avait une épaisse barbe buissonneuse. Il attendait l'heure de commencer en tirant patiemment sur sa pipe.

Beaucoup de gens se déplaçaient pour le saluer. Il était populaire. On ne venait pas tellement pour ses contes – depuis le temps, on les connaissait par cœur – mais pour sa façon de dire, pour l'entendre, lui.

Bidourle s'exprimait d'une voix lente et sourde qui imposait le silence. Il ménageait ses effets. Il savait d'instinct où donner de la rondeur aux mots. L'intérêt des auditeurs se portait non seulement sur les enchaînements de l'histoire mais sur les paroles. Avec Bidourle, on profitait du texte et de la musique. L'art du conteur résultait de cette fusion magique. Il parlait devant un public où chacun avait l'impression d'être seul dans la confidence. Bidourle s'adressait à chacun en particulier.

« Vous tous qui admirez le cadre magnifique dans lequel vous vivez et qui vous interrogez sur l'origine de ces terres d'ocre qui flambent sous le soleil, vous vous contentez des explications données par les scientifiques. Vous écoutez ce qu'ils vous disent parce qu'ils font les fiers avec tous leurs diplômes. Moi qui n'en ai aucun, qui ai fait mes universités à l'école de la vie, je peux vous assurer que, sur cette affaire, j'en sais beaucoup plus que tous les pédants. Une terre comme la nôtre ne se laisse pas enfermer dans des formules et dans des chiffres. Elle veut de la poésie, puisqu'elle est née de la poésie. Elle parle sa langue et elle a besoin, pour être reconnue, de bons interprètes.

Une belle et cruelle légende explique la coloration rouge de cette terre qui a contribué à la réputation et à la fortune de notre pays. En ce temps-là, elle était gouvernée par un grand seigneur nommé Raymond d'Avignon. Celui-ci sacrifiait volontiers aux distractions de sa classe. Il aimait particulièrement la chasse. Il s'absentait parfois plusieurs jours pour courir les bois et traquer le gibier avec des compagnons de son acabit. Il rentrait au château épuisé mais satisfait.

Il y retrouvait son épouse, l'ardente et belle Sirmonde. Celle-ci s'ennuyait et commençait à se lasser des trop fréquentes parties de chasse de Raymond. Il la délaissait. Elle lui en fit le reproche. Mais il avait ce sport dans le sang. Pour rien au monde il n'eût consenti à en être privé.

— Ma mie, lui dit-il, je ne fais rien de mal. J'ai besoin d'exercice. Cela n'entame pas l'amour que je vous porte. Mes compagnons sont de la même étoffe.

— Si fait, mon seigneur, je suis trop longtemps à languir au château.

— Ne nous retrouvons-nous pas avec grande joie ?

— Certes. Considérez pourtant que je n'ai pas de me réjouir autant de raisons que vous.

Raymond ne tint pas compte de ses paroles. Il continua de débusquer le cerf et le sanglier, de s'épuiser en chevauchées à travers bois. Il songeait avec philosophie que paroles de femme s'envolent. Pas un instant, il ne doutait de la sagesse de la sienne.

Il y avait dans les environs un gai troubadour, avenant, bien tourné de sa personne : Guillaume de Cabestang, originaire de Cabestang. Il savait merveilleusement jouer du luth et de la saquebute. De bon caractère, il ne manquait pas d'esprit, et, pour toutes ces qualités, il plaisait aux dames.

On lui prêtait maintes aventures. Quoiqu'il ne s'agît point du même gibier, son tableau de chasse valait celui de Raymond d'Avignon. Ce qui le faisait davantage apprécier, c'était sa discrétion. Au lieu de se vanter de ses bonnes fortunes, qui l'entouraient d'une réputation fameuse, il respectait le secret de façon à protéger les intéressées qui lui en savaient gré et, pour cela, servaient ses coupables entreprises auprès de leurs amies.

Il séjournait régulièrement au château où l'on appréciait fort son talent d'artiste. Raymond d'Avignon l'avait pris en sympathie. Il ne doutait pas de son honnêteté et avait confiance en la belle Sirmonde. C'était mettre le loup dans la bergerie. La brebis ne demandait d'ailleurs qu'à être dévorée par ce loup qui avait de si beaux yeux et une voix si douce.

Ce qui devait arriver arriva. Sirmonde se consola

des absences de son époux dans les bras de Guillaume de Cabestang. Tous deux étaient ardents et jeunes. La passion enflamma leur cœur. Ils ne purent bientôt plus se passer l'un de l'autre. C'était si fort qu'ils en vinrent à commettre des imprudences. Ils menaient inconsciemment un jeu dangereux, toujours sur le point d'être surpris ou dénoncés. Ah ! le goût inimitable du fruit défendu ! Nos deux tourtereaux puisaient en cela même une excitation décuplant leur plaisir.

L'histoire dura plusieurs mois sans anicroche. Au fur et à mesure que passaient les jours, les deux amants s'enhardissaient. Raymond d'Avignon finit par apprendre la trahison de sa femme, sans doute grâce à quelqu'un de son entourage. C'est toujours ainsi que les choses se passent. Le cocu ne voit pas ce qui crève les yeux. Il est le dernier à savoir que les cornes lui poussent.

Raymond entra dans une grande fureur. Cependant, au lieu de châtier sur-le-champ les amants, il parvint à se retenir et à faire bonne figure. Dissimulant sa douleur, il se comporta comme à l'ordinaire. On eût dit qu'il ignorait tout de son infortune. En fait, il mûrissait une terrible vengeance. Il se préparait à une action exemplaire qui marquerait longtemps les esprits.

Un jour, Raymond d'Avignon réussit à emmener son rival à la chasse. Quand ils furent parvenus à un endroit choisi par lui, il le fit tuer et dépecer par ses gens. Sa dépouille fut livrée aux chiens.

Au retour, il affecta une gaieté inhabituelle dont Sirmonde se félicita. Alors, il lui offrit un repas de gala. Parmi les mets figurait un plat particulièrement succulent dont elle se délecta.

— Je n'ai jamais mangé viande aussi tendre, dit-elle.

— Parbleu ! s'écria Raymond. Il n'en existe pas de semblable.

— Qu'est-ce donc, mon âme ?

Libérant sa férocité contenue, il lança d'une voix effrayante :

— Il est normal que vous l'aimiez, madame. Vous venez de croquer le cœur de votre amant.

A ces mots, la malheureuse trouva miraculeusement la force de se lever. D'une voix blanche, déjà d'un autre monde, elle déclara :

— J'ai fort bien mangé, et pour toujours.

Puis, elle courut se jeter du haut de la falaise.

A l'endroit où son corps s'enfonça dans la terre, une source jaillit. Les villageois la transformèrent en puits couvert de pierres du pays. Ainsi, elle serait à jamais protégée de la colère des hommes jaloux. L'eau, en irriguant la terre, prit la couleur du sang. Pour perpétuer le souvenir de l'horrible vengeance, l'une des falaises rouges modèle le profil du seigneur Raymond d'Avignon. »

Quand Bidourle se tut, il se fit un épais silence. Puis les applaudissements crépitèrent.

— Quelle histoire abominable ! s'exclama Léa. La jalousie poussée à cette extrémité...

— Ce n'est qu'une légende, chérie.

— Tant de cruauté me donne le frisson. D'habitude, les légendes ont une fin heureuse.

— Les légendes peuvent revenir hanter les vivants, observa-t-il. Elles contiennent un fond de vérité pas toujours agréable.

Bidourle reprit la parole. Il conta d'autres histoires. Comparées à celle qu'elle venait d'entendre, Léa les trouva fades. On ne savoure pas la guimauve quand la bouche brûle encore de fiel.

Ils rentrèrent en pleine nuit au mas des Terres Rouges. La lanterne éclairait chichement les alentours. Des formes fantasmatiques se profilaient. Léa céda au trouble qui la gagnait. Ils pénétraient dans le mystère de la nuit provençale, génératrice de monstres et de légendes. Cette province prétendument solaire, où régnaient l'air le plus transparent et l'azur le plus pur, cachait de terribles noirceurs.

A un certain moment, Léa ressentit une appréhension inexplicable. Une menace diffuse pesait sur elle. Elle se retint d'en parler à Raymond. Il eût trouvé l'inquiétude puérile. N'empêche, elle la ressentait. Cette persistance entretenait un malaise absurde mais réel. Elle flottait entre deux mondes antagonistes : la réalité qui se déroulait sous ses yeux, parfaitement reconnaissable, et celle qui se manifestait à l'intérieur, vague, sans repères. Le plus étrange, c'était que, des deux, la seconde paraissait la plus tangible.

Ils allaient le long de la route sans échanger une parole, chacun replié sur ses pensées. Les pas du cheval résonnaient sur la route. On entendait le crissement des roues cerclées de fer et les éclats secs des gravillons écrasés. De temps en temps, le cheval agitait sa crinière couleur de nuit et le grelot de son licol tintait.

— Je suis éreintée. J'ai sommeil. Je vais me coucher, dit Léa, accompagnant ses paroles d'un ample bâillement.

— Va. Moi, je vais lire un moment.

Raymond se contentait de peu de sommeil. C'était un couche-tard et un lève-tôt.

— Comment arrives-tu à tenir ce rythme ? s'étonnait Léa.

— Je n'ai aucun mérite. C'est dans ma nature.

Léa s'agita beaucoup dans son lit. Elle émettait des sortes de gémissements. Elle se tournait et se retournait. Raymond essaya en vain de l'apaiser. Elle se réveillait en sursaut, clignait des yeux, demandait d'un ton ahuri :

— Quoi ? Que se passe-t-il ?

— Rien, calme-toi, chérie.

Elle se rendormait. Puis son agitation reprenait. Raymond alla finir la nuit dans une autre chambre.

La grosse Fernande, qui ne dormait jamais que d'un œil, entendit ce remue-ménage et sourit. Tout n'allait pas si bien dans le couple. S'ils faisaient déjà chambre à part… Elle observerait demain leur visage. Si Léa avait les yeux rouges, elle en déduirait qu'elle avait pleuré.

Quand Léa descendit à la cuisine prendre le petit déjeuner, Raymond avait déjà terminé le sien.

— Où étais-tu passé ?

— Impossible de dormir à tes côtés. Tu grognais et remuais sans arrêt. J'ai dû fuir dans la chambre d'amis.

Elle but une tasse de café noir, sans sucre.

— J'ai passé une nuit épouvantable, pleine de rêves bizarres, de cauchemars. Je me demande ce que cela signifie.

— Rien du tout. Tes rêves ne sont que la conséquence de la soirée d'hier.

TROISIÈME PARTIE

La part de la légende

17

Louis Passedègue emplit les verres. Le vin rouge provenait de la propriété d'un de ses amis qui occupait plusieurs hectares en contrebas du village de la Cadière. Ce terroir produisait des vins dont la qualité commençait à s'imposer, malgré une production relativement limitée.

— Je le trouve excellent ! s'exclama Raymond.

— Chaque année, mon ami m'en livre une caisse. Je le garde pour les grandes occasions.

Raymond effectuait régulièrement une tournée à Marseille. Il ne manquait pas de rendre visite à ses amis. Ils se retrouvaient autour d'un bon déjeuner concocté par Mimi. Raymond en profitait pour vérifier la façon dont ils utilisaient son argent. L'investissement donnait pour l'instant satisfaction. Les Passedègue, réveillés de leur léthargie, travaillaient résolument. Ils étaient enfin sortis de la passivité et de la résignation. Etre redevables les stimulait. Ils refusaient de perdre la face devant leur ami. Leurs efforts finissaient par porter leurs fruits. Raymond, satisfait, les encouragea dans cette voie.

— Je ne désespère pas de te rembourser dans deux ou trois ans, s'engagea Louis.

— C'est peut-être prématuré. Tu n'as pas le couteau sous la gorge, Louis. Attends d'assainir définitivement tes affaires. Après, nous aviserons. Il en va de ton intérêt comme du mien.

Il n'était pas venu parler d'argent. La conversation tourna bientôt autour de Léa. Raymond donna des nouvelles. Elle se plaisait à la campagne. Elle travaillait beaucoup, avec efficacité. Les gens du pays commençaient à l'apprécier, même s'ils ne le disaient pas ouvertement. Elle avait fait la conquête des principales personnalités : le docteur Jacques Lagarde, maître Despérade, Canolive, le contremaître de la Malavida, et même le curé Placide.

Restait le bloc des commères dont la malveillance refusait d'être privée d'un providentiel sujet de ragots. Cela viendrait tôt ou tard. Après avoir conquis le premier cercle d'amis, Léa séduisait les commerçants, rouages essentiels de la vie villageoise. Quand on tenait les commerçants, on tenait le village.

— Je ne croyais pas qu'elle s'adapterait si vite, remarqua Raymond. Evidemment, il y a toujours des récalcitrants.

— C'est inévitable ! intervint Mimi.

Louis changea de registre. Il brûlait de savoir si le couple s'entendait.

— Et vous deux, dit-il, comment ça va ?

— Le mieux du monde ! J'ai pour Léa une véritable passion.

— Et elle ? Crois-tu qu'elle t'aime vraiment ? Votre union a été si rapide ! Léa n'était pas préparée à ce mariage. Tu as bouleversé sa vie.

— Je m'en rends compte. Les choses auraient pu se passer autrement. J'ai partagé tes inquiétudes au début de notre liaison. A présent, j'ai pleine confiance en ses sentiments. Je suis heureux. Ce bonheur-là, personne ne me l'arrachera.

Il se lança dans la peinture du bonheur quotidien, brossa un tableau idyllique. Il parait Léa de toutes les qualités. Quand il se retournait sur le passé, son premier mariage avec Lucienne Cabasson faisait figure d'erreur de jeunesse. C'était un événement lointain, à demi oublié, auquel il doutait d'avoir participé.

— Je suis devenu un autre homme.

— La guerre est passée par là, ajouta Louis.

— Pas seulement. Les années de veuvage m'ont enrichi d'une expérience différente. J'ai fait l'apprentissage de la liberté à un âge où généralement ce n'est plus le cas.

— Justement, cela pourrait être une gêne.

— Non. Léa était la femme que j'attendais.

Tout à son bonheur, Raymond se berçait d'illusions. Léa n'était pas la femme qu'il imaginait. Elle l'avait séduit sans le vouloir, sans le provoquer par des coquetteries. Raymond avait construit de toutes pièces son histoire. Elle correspondait à ses attentes, pas à la réalité. Il avait été son propre jouet. Il avait entraîné Léa dans une aventure qu'elle ne recherchait pas.

Que savait-il vraiment d'elle ? S'était-elle un jour confiée à lui ? Avait-elle dévoilé le fond de son cœur, ses secrets de femme, d'être humain ? L'amour et le bonheur rendent également aveugles ceux qu'ils favorisent. Il ne voyait pas les menaces se profiler à l'horizon de son couple. Elles étaient pourtant incluses dès les prémices, comme le ver dans le fruit.

N'étant pas d'un naturel jaloux, Raymond accordait toute sa confiance à son épouse. Du moment qu'il la chérissait, rien ne pouvait advenir, sinon de la joie et du plaisir. Il ignorait les affres du soupçon. Il ne s'intéressait pas au passé nébuleux de Léa. Il misait sur le présent et l'avenir. La jalousie rétrospective lui semblait une faiblesse et une absurdité.

Les bons renseignements communiqués par Mimi et Louis Passedègue entretenaient cette confiance. Ils ne tarissaient pas d'éloges sur Léa, qu'ils considéraient comme leur fille adoptive. Eux aussi prenaient leurs désirs pour la réalité. Ils ne voyaient pas plus loin que le bout de leur nez. Léa s'était bien comportée chez eux, donc elle se comporterait bien n'importe où.

Ils pouvaient parler avec certitude de la période au cours de laquelle elle était à leur service. Pour ce qui précédait, ils connaissaient les bribes parcimonieusement livrées par Léa. L'épisode Antoine Briguetti aurait dû les alerter. Ils n'en tiraient aucune conséquence fâcheuse. Tout en plaignant le pauvre garçon délaissé, ils comprenaient la conduite de Léa encouragée par leurs soins. Ils avaient leur part de responsabilité dans cette rupture. Ils étaient intervenus en ce sens pour le bien de la jeune fille.

Qu'avait fait Léa avant ses dix-huit ans ? Comment avait-elle survécu ? La rude bataille de la rue avait dû laisser des traces profondes, des blessures cachées, des failles. Or elle offrait un aspect lisse, malléable, comme si elle avait traversé ces épreuves sans dommage. Elle se coulait avec une facilité déconcertante dans le moule d'une commise docile, sérieuse, appliquée. Venant d'une fille livrée à elle-même durant tant d'années, surtout à l'adolescence, moment particulièrement critique de la vie, cette docilité aurait dû attirer leur attention.

Les Passedègue avaient écouté leur cœur sans chercher au-delà. Ils n'avaient pas enquêté, ne s'étaient pas renseignés auprès du voisinage. A la fin, cette fleur du pavé, cueillie dans son épanouissement par une main secourable, avait épousé une des personnalités les plus en vue du Vaucluse.

Cette ascension rapide soulevait quelques problèmes sur son identité réelle. Léa s'adaptait rapidement, comme elle l'avait fait pour la bonneterie. Cela dénotait des capacités hors normes. Elle avançait avec précaution et détermination sur une route inconnue qu'elle savait semée d'embûches. Elle ne devait pas décevoir Raymond, au risque de tout perdre. Il avait tout misé sur elle. Il ne tolérerait pas le moindre faux pas.

Or, Léa n'aimait pas Raymond. Tout au plus

éprouvait-elle pour lui de l'affection. Elle avait saisi sans état d'âme l'occasion inespérée offerte par le destin de contracter un mariage de raison. Raymond avait, en compensation de la différence d'âge, la sécurité, la stabilité, l'argent, une position sociale. Dans sa situation, elle ne pouvait refuser de tels avantages au nom de l'authenticité des sentiments. Les années de galère l'avaient endurcie. Elles ne prédisposaient pas à des considérations de midinette.

Ce n'était pas chez elle de la duplicité ou de l'habileté stratégique. Il s'agissait d'un moyen de défense. Elle ne voulait pas retomber d'où elle venait. Les Passedègue représentaient la première marche de son ascension, Raymond la seconde. L'escalier ne montait pas au-delà. En épousant Raymond, elle atteignait son but. Que désirer de plus ? L'amour ? La passion ? Ce luxe se situait au-dessus de ses moyens. Elle se contenterait de l'existence paisible offerte par son mari. Elle pensait « pour toujours ». Elle se trompait.

En ce samedi de juin, la carrière de la Malavida offrait au regard un vaste espace vide. Il ne soufflait même pas une brise légère. Elle semblait désolée dans le pesant silence. Seul le contremaître Canolive effectuait une tournée d'inspection de routine. Il se promenait machinalement à travers le chantier. La carrière constituait son univers. Il s'y plaisait. Ses meilleures années, il les avait passées là, sur l'esplanade, dans les galeries, aux entrepôts. Il veillait sur elle comme si elle lui appartenait.

Le dernier à partir avait été Bardini. Il s'était attardé sans raison, comme s'il cherchait ou attendait quelque chose qui ne venait pas. D'habitude, il filait dès que retentissait la sirène annonçant la fin du travail.

Le contremaître héla Bardini :

— Hé, Victor ! Tu n'as pas assez travaillé aujourd'hui ? Tu fais des heures supplémentaires ?

— Tu parles ! s'exclama l'intéressé. Je mets mes pensées et mes affaires en ordre. Je n'ai pas l'intention de rester.

— Tu veux partir ? On ne te pleurera pas.

— Je sais. La direction ne peut pas me piffer. A ce qu'il paraît, je suis une source d'ennuis.

— Ne fais pas l'imbécile, Victor. Ce n'est pas le moment. Même si le cœur n'y est pas, du moins tu as un boulot. Si tu pars, Sigean ne te reprendra pas.

— Je m'en moque !

— Depuis quelque temps, ça ne tourne pas rond, hein ? Que se passe-t-il ? Tu ne vas pas ruiner ta vie sur un coup de tête !

— Pourquoi pas ? Chacun voit midi à sa porte.

— Réfléchis encore. Nous en reparlerons lundi.

— Lundi, je serai peut-être loin.

Il avait mis sa besace sur l'épaule et s'en était allé.

Victor ne supportait plus le dur labeur de la carrière. Il s'échinait pour une misère. Sa condition d'ouvrier lui pesait. Il méritait mieux. Il s'était mis dans la tête de travailler pour son propre compte en reprenant le métier de maçon qu'il avait déjà exercé. S'il réussissait à obtenir quelques contrats, il retrouverait sa dignité. Pour l'argent, il s'arrangerait. Surtout au début où il faudrait investir. Il vivait de peu et savait endurer les privations.

Le contremaître Canolive aurait été fort étonné si on lui avait dit qu'à l'origine des transformations de Bardini il y avait une femme, l'inconnue qui, plusieurs semaines auparavant, lui était apparue. Il n'avait cessé d'y penser. Il l'avait croisée deux ou trois fois au village avec la même émotion. Depuis, son image le hantait. Il espérait qu'elle reviendrait à la carrière. Elle ne l'avait pas fait.

Il voulait maintenant fuir cette obsession en s'installant ailleurs. Il n'espérait trouver du travail ni à Roussillon ni à Vernanque, ni au hameau de Ferviane. Celui-ci était d'ailleurs beaucoup trop proche du mas des Terres Rouges, c'est-à-dire de la tentation. Il ne saurait pas résister. Mieux valait tenter sa chance plus loin, où on ne le connaissait pas, ou moins. Dans le cas contraire, il irait au-devant de graves histoires. La paix serait rompue, et avec l'équilibre de sa vie qu'il avait mis si longtemps à atteindre.

Il se demandait si la jeune femme l'avait reconnu lorsqu'ils s'étaient rencontrés dans les rues de Roussillon. Chaque fois, son regard avait cherché à capter le sien, qui s'était échappé. Elle n'avait ni souri ni émis une parole. Elle passait, distante et froide. Elle marchait superbement dans la lumière blonde tandis qu'elle le refoulait dans l'ombre.

Etait-ce de l'indifférence ou du mépris ? Qu'était-il à

ses yeux ? Elle n'avait vu qu'un ouvrier travaillant dans une sorte de fosse poussiéreuse. Pas de quoi éveiller un sentiment dans le cœur d'une aussi belle femme.

Pourtant, il le savait – il l'avait même vécu une fois et avait profité de l'aubaine –, des bourgeoises venaient observer les ouvriers des usines, les marins et les dockers sur le port, pour choisir parmi eux des partenaires. Habituées à des hommes élégants, soignés et policés, elles se jetaient dans les bras solides d'hommes simples et rustiques par désir de brutales étreintes animales.

Pourquoi n'en serait-il pas de même avec l'inconnue ? Si elle voulait, il lui ferait l'amour tel qu'elle ne l'avait jamais connu. Victor se laissait emporter par ses chimères et ses fantasmes.

A force d'interroger discrètement les gens, il obtint des informations qui lui permirent de mieux situer l'inconnue. Elle venait de Marseille. Raymond Sigean l'avait embauchée pour travailler aux Terres Rouges où elle logeait. Elle se prénommait Léa. Sigean ne la considérait pas comme une simple employée. Des bruits couraient sur leur mariage prochain.

Ce dernier renseignement l'accabla. Il éloignait encore plus Léa de lui. Il réagit contre cette faiblesse en homme ayant l'expérience des femmes. Il n'y a pas de citadelle imprenable, songea-t-il. Il suffit de mettre le temps nécessaire, d'avoir de la patience, de ne pas se décourager.

Un jour, elle sera à moi, se promit-il.

18

La fête annuelle de Vernanque se célébrait le premier dimanche de juin, pour la Pentecôte. Elle attirait particulièrement les enfants par ses airs de kermesse. On y pratiquait les jeux en honneur sur les foires. Un clown multipliait les grimaces à tous les coins de rue, un gugusse avec des cheveux paille et un gros nez rouge. Un gilet écarlate, un pantalon trop grand retenu par de criardes bretelles trop larges, et de très longues chaussures retournées vers le haut. Les enfants le suivaient partout où il allait. Il y avait aussi des musiciens.

Victor Bardini s'était installé sur la place de la mairie en compagnie d'un violoniste et d'un batteur. Là, dans la soirée, aurait lieu le bal qui rameuterait la jeunesse du canton. Pour l'instant, ils jouaient pour l'ambiance et le plaisir. Des gens s'arrêtaient, discutaient, profitaient de l'ambiance joyeuse entretenue par les refrains à la mode. Certains apportaient un tabouret ou une chaise, et s'asseyaient pour écouter à l'aise. L'orchestre improvisé n'était pas génial. Les musiciens faisaient de leur mieux. Personne ne les critiquait.

Au premier rang de ses admiratrices se tenait Nicole Bélague, sa petite amie depuis six semaines. Agée de vingt ans, l'apprentie coiffeuse de chez Carlo, le salon pour dames le plus coté de Roussillon, n'avait pas froid aux yeux ni ailleurs. Joli corps, jolie frimousse, toujours très maquillée, c'était une maîtresse ardente et insatiable, mais volage. Elle cherchait dans ses multiples conquêtes masculines la confirmation de sa ravageuse séduction. Nicole et Victor s'entendaient bien, surtout physiquement.

Pour l'instant, cela suffisait au maçon. Il ne pouvait pas se passer de femme. La coiffeuse comblait ses appétits. Il n'en attendait pas davantage. Pour le reste, c'était une sotte qui ne songeait qu'à sa beauté. La seule conversation qui l'intéressait, et pour laquelle elle justifiait de réelles connaissances, portait sur l'esthétique et les produits de beauté. Ce qui ne passionnait évidemment pas Victor. Leurs liens, exclusivement sexuels, rendaient leurs différences négligeables tant que le désir les gouvernait. Ils se rompraient bientôt sans que ni l'un ni l'autre n'en souffre. Victor, toujours en quête d'un jupon, montrait une infidélité égale à celle de Nicole. Bref, ils formaient un couple assorti quoique provisoire.

Nicole souriait à Victor pendant qu'il jouait. Il lui décochait en retour des œillades enflammées. Ils s'amusaient à renouveler le jeu de la séduction dans lequel ils étaient passés maîtres. Nicole se révélait d'une redoutable efficacité. Sans cesser de la regarder, Victor entama à son intention un slow très langoureux, que son interprétation dotait d'une grande sensualité. Les notes se posaient sur le corps comme de furtives caresses et le faisaient vibrer. Sous ses doigts, la musique mimait les gestes de l'amour.

Soudain, le regard de Victor se fixa. A la seconde, Nicole Bélague et tous les autres spectateurs cessèrent d'exister. Ils se noyèrent dans un nuage d'ombre. Il venait de reconnaître Léa Sigean, son inconnue de la Malavida. Tout en continuant machinalement d'agiter son accordéon, il resta suspendu à ses yeux. Elle soutint son regard sans ciller. Il reçut cette lumière plus intensément qu'à la carrière. Cette fois, ils étaient plus près l'un de l'autre. Il vit qu'il produisait le même effet sur la jeune femme. La première fois, il n'avait donc pas été victime d'un mirage.

L'échange lui parut très long. Il présentait quelque chose d'indécent par rapport au public présent sans qu'il y prêtât attention. En fait, il ne dura qu'une minute, autant dire une éternité. Léa et Victor étaient dans leur bulle, coupés de la réalité. Léa détourna les yeux et s'en alla. Au bout de quelques pas, elle se retourna, le regarda de nouveau, et lui sourit. Son cœur exulta. Il interpréta ce geste comme un encouragement.

Il se demanda si, ce soir, Léa participerait au bal donné sur la place de la mairie où les employés municipaux érigeaient déjà l'estrade et disposaient les lampions. Son mari l'accompagnerait sans doute. En sa qualité de notable et d'élu, il se devait d'être présent. Sa présence ne gênerait pas Victor. Il faisait partie de l'orchestre et serait occupé jusqu'au dernier flonflon. Entre Léa et lui, le langage muet suffirait. Une réelle connivence les unissait alors qu'il ne s'était encore rien passé.

Un autre personnage avait assisté à la scène. Modeste Picone se trouvait là, non par hasard, mais guidé par un instinct maléfique. Il gardait toujours un œil sur Léa, sûr que tôt ou tard elle flancherait. Il venait d'en avoir la preuve sous les yeux. Lui seul avait surpris les regards échangés entre Léa et Victor. Il comprenait ce qu'ils signifiaient. Ils lui fournissaient enfin un moyen d'agir. Il entreprendrait de manipuler Victor, le plus accessible et probablement le plus influençable. Son goût des femmes n'était un secret pour personne. C'était un puissant levier. Il se servirait aussi de la naïve Nicole. En lui faisant miroiter quelque récompense, il la mettrait dans sa poche. Elle n'était pas jalouse, puisqu'elle faisait elle-même les quatre cents coups, mais s'avérait intéressée et vénale.

Léa était venue au bal accompagnée de Raymond, comme prévu. Elle n'avait dansé qu'avec lui, offrant l'image d'une épouse aimante et fidèle. Elle évitait de regarder dans la direction de l'orchestre, mais c'était plus fort que sa volonté. Elle se sentait attirée, comme aimantée par l'accordéoniste qui trônait devant le podium, en costume de scène, comme un dieu.

Dans son coin, Picone guettait le moindre indice et se réjouissait. Ses premières impressions se confirmaient. Une histoire se tramait entre Victor et Léa. Elle lui fournirait des armes pour atteindre Raymond dans ce qu'il possédait de plus cher : sa passion pour sa femme. Ce serait le début de la chute de son demi-frère. S'il parvenait à ses fins, sa mère serait vengée du déshonneur et du malheur infligés par le vieux Joseph Sigean.

Modeste cesserait alors de servir le diable. Il cesserait de pratiquer la magie noire, de jeter des sorts à ses ennemis. Il pourrait redevenir un homme ordinaire, étancher sa haine et vivre en paix. Du moins envisageait-il l'avenir sous cet angle. Hélas ! on n'extirpe pas le mal de soi quand il est si profondément enraciné et depuis si longtemps. Demain, comme aujourd'hui et par le passé, il empoisonnerait son existence. A force de sacrifier des gens au nom du malin, il se sacrifiait lui-même. Quoi qu'il fît, il appartenait désormais au royaume du mal. Rien ne l'en libérerait.

Il ne savait pas encore avec précision comment il agirait avec Victor et Léa. Le mieux serait de laisser celle-ci en dehors, de travailler seulement Victor pour qu'il aille dans la direction voulue, d'utiliser la grosse Fernande, représentante de son service secret aux Terres Rouges. Elle lui communiquait tout ce qui s'y passait d'important. Grâce à elle, il connaissait les habitudes de Léa, quand elle sortait, où elle allait, ce qu'elle aimait. Il savait comment elle se comportait dans les relations conjugales. Fernande n'avait pas seulement des yeux pour voir, elle avait aussi des oreilles pour entendre. A la croire, derrière la cloison, il s'en passait de belles ! Léa était une de ces femmes avides, incapables de se contenter longtemps d'un unique partenaire.

Modeste attendit que Victor s'arrête de jouer et range son accordéon dans son étui. Il l'aborda tandis que le public se dispersait. De petits groupes s'éloignaient en discutant.

— Vous jouez bien, dit-il. J'ai passé un moment très agréable en vous écoutant.

— Merci.

— On voit que vous maîtrisez votre instrument. Où avez-vous appris ?

— Nulle part. Je joue à l'oreille.

— Je n'étais pas seul à vous admirer, glissa Picone.

— Il y avait pas mal de monde, dit Victor avec satisfaction. Les gens n'écoutent pas souvent de la musique en dehors des fêtes de village.

— Certes. Ce n'est pas ce que je veux dire.

Victor mit son instrument à l'épaule.

— Je ne comprends pas.

— Ah, s'exclama Picone, vous ne comprenez pas ! Vous n'avez pas remarqué la jeune femme brune qui béait d'admiration devant vous ? Elle vous dévorait des yeux et vous ne vous êtes aperçu de rien ! Serait-ce possible ? Vous n'avez pas la réputation d'être indifférent au charme féminin. Je ne vous en blâme pas, au contraire ! Je trouve cela plutôt sympathique.

— Je vous assure... bredouilla Victor, visiblement embarrassé par les remarques de son interlocuteur.

— Allons ! Une aussi belle femme ne passe pas inaperçue d'un homme tel que vous, renchérit celui-ci.

— Vous la connaissez ? demanda Victor.

— Oui, mentit Modeste. C'est l'épouse de Raymond Sigean, la nouvelle patronne des Terres Rouges.

— Je sais.

— Ne faites pas cette tête. Ce n'est pas parce qu'elle est mariée qu'elle est inaccessible.

— En êtes-vous sûr ? l'interrogea Victor, soudain très intéressé.

— Parbleu ! Sinon je n'en parlerais pas. Léa aime autant les hommes que vous aimez les femmes. Voulez-vous faire sa connaissance ?

— Vous pourriez me la présenter ?

— Non. Je vous donnerais les indications nécessaires pour que vous la rencontriez hors des regards indiscrets. Je peux vous faire la main, comme on dit. Après, je ne m'en mêle plus. Ce sera à vous de jouer. Je vous sais homme à ne pas vous dérober dans ce genre d'affaire.

— Pourquoi me rendriez-vous ce service ?

Une lueur d'ironie traversa le regard de Modeste.

— J'aime que les gens soient heureux, dit-il. Et qu'est-ce qui les rend plus heureux que l'amour ?

Victor s'éloigna dans un état de grande perplexité. Quel drôle de bonhomme, se dit-il. Je le connais à peine et voilà qu'il devient mon meilleur allié dans une affaire tenue secrète. Personne n'en a eu vent. Comment a-t-il pu deviner ? Il doit être un peu sorcier. Ces gens-là, mieux vaut les avoir de son côté.

Victor obéissait aux préjugés, respectait les croyances et les traditions. Il ne réfléchissait pas en rationaliste ni en matérialiste. Il croyait que certains êtres détenaient de mystérieux pouvoirs. Son interlocuteur appartenait à cette engeance. Il le devinait. La façon dont ses propos l'avaient inexplicablement troublé le confirmait.

Il ne demandait qu'à suivre les conseils de Modeste Picone. Celui-ci avait dit en partant :

« Venez me voir demain, vers dix-huit heures, au café des Boulistes. C'est mon port d'attache. J'aurai d'autres choses à vous dire. Ne me remerciez pas. J'ai grand plaisir à vous aider. »

Qu'est-ce que Picone tenait en réserve ? Il avait aiguisé la curiosité de Victor. Il tenait en éveil son imagination. Son esprit travaillait où il avait semé la confusion. Il fonctionnerait à plein régime jusqu'au lendemain.

Sur le chemin du retour, Nicole rejoignit Victor. Obsédé par Léa, il l'avait oubliée.

— Je me suis baladée avec les copines.

— Tu as bien fait. Tu te serais ennuyée. Ce n'est pas comme moi qui dois jouer.

Elle prit son bras et se colla contre lui.

— Tu sais bien, mon loup, que je ne m'ennuie jamais près de toi. Tu as tant de ressources...

Elle l'embrassa dans le cou et caressa tendrement sa nuque. Le contact de sa bouche était agréable. Elle se serrait contre lui avec une lascivité émouvante.

Il essaya de résister à la provocation.

— Arrête, Nicole ! Pas dans la rue.

— Qu'est-ce que ça peut faire ?

— Je ne veux pas qu'on nous remarque.

— Tout le monde sait que nous sommes ensemble. Ce n'est pas un secret.

— Aujourd'hui, ça ne me convient pas, voilà tout !

— Tu as honte de moi ?

— Ne sois pas sotte.

Avec tout ce qui trottait dans sa tête, Victor n'était pas disposé à accueillir les manifestations appuyées de Nicole. Ce soir, il voulait rester seul, être tranquille pour réfléchir. Les agaceries de la coiffeuse s'avéraient inefficaces car inopportunes. Nicole s'étonna de sa froideur.

— Dis, Victor, tu es malade ? Quelque chose ne va pas ? Je ne t'ai jamais vu dans cet état.

— Rassure-toi. Je vais très bien. Je suis en bonne santé.

— Alors, embrasse-moi.

Il s'exécuta sans enthousiasme.

— Mieux que ça ! gronda Nicole.

— J'ai un passage à vide, dit-il pour se disculper.

— Aucun passage à vide ne me résiste. Viens ! Allons chez moi. J'ai très envie de faire l'amour. Je saurai bien réveiller la bête qui sommeille.

Il la suivit en soupirant.

19

On marche dans la vie sans savoir où l'on va. On avance à tâtons dans le brouillard. On invente des chemins là où il n'y a rien. On devine vaguement quelle direction prendre, jamais sûr de son choix. Où cela conduira-t-il ? Le but est-il proche ou lointain ? On l'ignore. A certains moments, l'horizon se dégage sans raison. On a soudain l'impression d'y voir clair. On marche plus vite, d'un pas plus décidé. On reprend assurance. Ah ! pouvoir de l'illusion, séduction des mirages ! Le cours des choses ne ralentit ni n'accélère. Il va à son rythme.

Devant soi s'étend à l'infini une morne plaine sans relief ni surprise. Une sorte de no man's land où ne se profile aucune piste. On s'étonne que d'autres ne partagent pas la même vision, prétendent que la campagne est riante et agréable, avec des arbres, des prés, des ruisseaux, des villages. Cela, tellement opposé à ce que l'on ressent, paraît irréel. On continue à mettre un pied devant l'autre. Une force incompréhensible vient à bout du découragement, de la lassitude, du désespoir. On voudrait s'arrêter, déposer son sac au bord de la route, attendre là la fin du monde. Cela n'adviendra pas. La route n'existe pas. Il s'agit d'un tracé imaginaire.

Alors, on se redresse et on repart. Il n'y a pas d'autre solution que de continuer au risque de se perdre. En fait, on ne s'est jamais arrêté. Assis, debout, au repos, allongé, plongé dans le sommeil, le temps nous emporte. Nous voyageons avec lui sur un invisible tapis volant, des songes plein la tête. On va de l'avant parce que la vie le veut ainsi. Les arguments ne pèsent pas lourd face à cette réalité.

Tel était l'état d'esprit de Léa tandis qu'elle effectuait sa promenade solitaire dans la forêt de Ferviane. Elle n'aurait su l'exprimer de cette façon, avec ses propres mots. Mais ce trouble, ces incertitudes, ces hésitations étaient les siens. Elle recherchait la solitude dans l'espoir de faire le point, d'y voir clair en elle-même. Tout se brouillait dans sa tête. Les chemins s'écartaient d'elle. Les idées la fuyaient, la laissant en plein désarroi.

Elle croyait avoir atteint un but dans la vie, un ancrage définitif auprès de Raymond. Elle ne fondait pas son avenir sur les sentiments. Un bon arrangement valait mieux qu'une passion dévorante. Elle se pensait immunisée contre les caprices du cœur. Et voilà que le sien s'emballait, qu'elle ne pouvait le retenir. Sa volonté s'avérait impuissante à contenir ses battements. La solitude, qui, en d'autres circonstances, l'aidait à résoudre ses problèmes, les aggravait.

Victor Bardini occupait toutes ses pensées. Rien ne l'en libérait. Elle s'égarait en vain dans cette morne plaine sur laquelle tombait une pluie de cendres représentant sa vie gâchée. Elle s'était résolument engagée auprès de Raymond. Ils avaient lié leurs destins. Quand elle l'avait fait, elle était sincère. Elle ne voulait plus regarder ailleurs. Elle entendait lui être fidèle. Elle avait trop présumé de sa vertu. Dès qu'elle avait vu Victor, elle avait su la catastrophe imminente. Mais elle ne pourrait résister à l'attrait qu'il exerçait sur elle. Elle retardait le moment de céder, mais il venait inexorablement.

Modeste Picone était attablé à la terrasse du bar des Boulistes, en train de siroter un martini, quand il aperçut Victor Bardini qui se dirigeait vers lui. L'idée qu'il ne viendrait pas au rendez-vous l'avait effleuré. Il pensait ne pas avoir été très convaincant. La présence de Victor, à l'heure dite, démontrait le contraire. Eveiller la curiosité d'un amoureux donnait prise sur lui.

— Comment allez-vous ? demanda Modeste en tendant la main.

— J'ai mal dormi.

— Asseyez-vous donc. Que voulez-vous boire ?

— La même chose.

Modeste recula dans son siège et considéra sa

prochaine « victime ». Victor était un homme simple mû par des ressorts simples. Inutile d'ourdir une stratégie savante pour l'avoir à sa merci.

— Je suppose que vous avez beaucoup réfléchi, dit-il. Les heures d'insomnie sont faites pour cela.

— Je ne suis guère plus avancé. J'ai bousillé ma nuit pour rien.

— Pas si sûr.

— Vous m'avez promis des renseignements.

— Je les ai.

Entre-temps, Picone avait eu un long entretien avec Fernande d'où il ressortait que Léa était rentrée aux Terres Rouges fort préoccupée. Raymond s'en était aperçu et lui en avait demandé la cause sans obtenir de franches réponses. C'était la première fois qu'un différend intervenait entre eux. Raymond l'expliquait par l'humeur changeante des femmes. Il ne se sentait pas impliqué. Le lendemain, le nuage aurait disparu.

— Je vous écoute, dit Victor.

— J'ai deux choses à vous dire. La première est que vous avez beaucoup impressionné Léa. Elle ne se conduit pas comme d'habitude. Les signes ne trompent pas. Réjouissez-vous : elle est amoureuse de vous.

— Comment en êtes-vous sûr ?

— J'ai dans la place quelqu'un de confiance.

— Cette personne a pu mal interpréter.

— Impossible ! Elle a l'œil et le flair. Elle connaît parfaitement son gibier.

— Ah ! Vous évoquiez deux choses. Voilà la première, et la seconde ?

— Ne soyez pas si pressé.

— Ma vie est peut-être en jeu.

— Oh, là là ! Ce n'est pas si grave. J'ai promis de vous aider, je vous aide. Vous savez déjà que la partie vous est favorable. Léa n'attend qu'un geste de vous. Elle est prête à tomber dans vos bras.

— Le Seigneur vous entende !

— Laissons-le où il est ! Nous n'avons pas besoin d'intermédiaire. Si, malgré ses heureuses dispositions à votre égard, vous abordez Léa en ville, dans un lieu public, vous n'en obtiendrez rien. En tout cas, pas tout de suite. La présence de témoins l'effarouchera. Elle tient à son mari, à sa position sociale. Elle évitera de se compromettre, malgré la force de ses sentiments.

— Que dois-je faire ? Pouvez-vous nous ménager une rencontre ?

— Indirectement, oui. Chaque jour, à la même heure, Léa effectue une promenade solitaire dans le bois de Ferviane. C'est là que vous devez l'aborder. Placez-vous sur son chemin. Elle ne vous repoussera pas, sinon pour la forme. A partir de là, à vous de jouer. Vous aurez à cœur de soutenir votre réputation.

— Je suis coureur, j'en conviens. Mais avec Léa, c'est différent.

— Je n'en crois pas un mot. Vous restez ce que vous êtes et une femme est une femme, que diable !

Il s'arrêta pour constater l'effet de ses propos sur

son interlocuteur. Victor réfléchissait. Le plan suggéré par Picone était bon.

— Ah, fit ce dernier d'un ton léger, où en êtes-vous avec votre coiffeuse ? Un beau brin de fille, entre nous, et d'un sacré tempérament.

— Rien à craindre de ce côté. Nous sommes amants mais nous ne nous sommes rien promis. Chacun garde sa liberté.

— J'entends bien. Mais chaque femme a sa fierté. Son indifférence s'effritera lorsqu'elle apprendra qu'elle a une rivale. Quand Léa sera à vous, dites-le-lui.

— Pourquoi demandez-vous cela ? Je ne veux pas la blesser.

— Elle ne le sera pas. Croyez-moi, c'est plus honnête.

Modeste supputait qu'une fois mise au courant Nicole se répandrait en invectives et salirait la réputation de Léa. La rumeur publique atteindrait Raymond. Comment réagirait-il une fois convaincu de son infortune ? Il adorait sa femme et la croyait fidèle. Picone jubilait en songeant à sa fureur aveugle, à sa douleur, à sa révolte, à son désir de vengeance.

Le matin en forêt engendrait un plaisir qu'on ne retrouvait pas à d'autres moments de la journée, même le soir, quand le crépuscule enflammait l'horizon. Le lever du jour tirait de la terre des senteurs humides et suaves. On avalait la rosée à pleins poumons, comme un philtre vivifiant coulant dans les bronches et dans les artères. De l'or tremblait sur les feuilles d'où le soleil s'égouttait. Ses rayons obliques s'insinuaient entre les fûts et les arbres chantaient silencieusement. Un parfum d'innocence et de liberté se dégageait. D'un seul coup, on était bien, en équilibre avec la nature, en harmonie avec soi-même.

Léa aimait se promener à cette heure matinale. Elle avait calculé le temps qu'il fallait pour aller des Terres Rouges à la lisière de la forêt de Ferviane, de sorte qu'elle y pénétrait au bon moment, chaque fois, avec la sensation puissante d'un renouveau. Elle suivait le même itinéraire sans se presser, observant au passage le spectacle de la nature. Comment elle, la citadine, en était-elle arrivée à se plaire dans cet environnement si opposé à ce qu'elle connaissait ?

Aujourd'hui, l'apport de la forêt, sa sérénité communicative étaient encore plus précieux qu'auparavant. Léa pénétrait dans un domaine enchanté. Elle écartait les basses branches sur son passage et la lumière frémissait. Plus loin, elle palpitait en de blancs pétales suspendus dans l'air diaphane. Cela ressemblait à une nuée de papillons battant des ailes. Tous ces éléments entretenaient le mystère de la forêt. Elle ressentait une liberté grisante qui stimulait ses réflexions.

Aujourd'hui, ce sentiment de liberté s'avérait plus intense car il se conjuguait à l'amour naissant. Elle ne pouvait plus ruser avec la réalité. Elle s'imposait avec force. Il fallait absolument qu'elle revoie l'accordéoniste. Bizarrement, la grosse Fernande avait parlé de celui-ci en termes élogieux.

« Tu le connais ? » avait demandé Léa.

Elle brûlait de recueillir des renseignements sur Victor. Dans son état, elle était prête à gober n'importe quoi pourvu que cela abonde dans son sens. Suivant scrupuleusement les consignes de Modeste, Fernande brossait de Victor un portrait favorable. Léa buvait ses paroles.

« Victor est un bel homme, intelligent et courageux. Il mérite mieux que son travail actuel à la carrière. Certains assurent qu'il a de l'ambition et les capacités de réussir. Beaucoup de femmes voudraient l'avoir pour compagnon.

— N'a-t-il pas une petite amie ?

— Un homme comme lui, dans la force de l'âge, ne pourrait pas vivre sans. Elle s'appelle Nicole. Mais elle ne compte pas. Cela vous intéresse ? »

Léa se reprit.

« Non, mentit-elle. C'est seulement pour nourrir la conversation. »

La grosse Fernande ricana intérieurement : Tu parles, ma fille ! Tu peux bien te débattre, tu ne t'en sortiras pas. Tu es ferrée jusqu'aux ouïes.

En marchant le long de l'étroit chemin de terre serpentant entre les fougères et les buissons, Léa remuait ces idées. Pas un moment, la pensée de Raymond ne troubla sa méditation centrée sur Victor. Son mari n'existait pas. Il n'entrait pas dans le tableau. Il était sorti de sa vie sans qu'elle s'en rende compte. Elle expérimentait qu'un mariage de raison n'était pas un vrai mariage, qu'il pouvait engendrer des désillusions, des frustrations. Elle ne reprochait rien à Raymond. Il respectait ses engagements. Il protestait de son amour et il disait vrai. Une grande passion l'animait. Il ne concevait plus la vie sans Léa.

Tout en étant flattée d'en être l'objet, celle-ci recevait les manifestations de son époux avec distance et froideur. C'était une jeune femme ardente qui n'avait pas assez vécu pour accéder à la sagesse. Jusqu'à ce qu'elle rencontre Victor, elle faisait bonne figure. Elle donnait le change, même dans l'étreinte.

Une femme simule parfaitement le plaisir alors même qu'elle subit passivement l'assaut. Quelques râles, quelques gémissements, et le tour est joué. A en croire ceux émis par Léa, les copulations de Raymond la hissaient au septième ciel. En fait, ses performances de mâle n'excédaient pas deux, trois minutes, et ne satisfaisaient pas les sens exacerbés de sa partenaire, plus jeune et plus avide qu'il ne l'était.

Raymond était encore fringant. Léa connaissait dans ses bras des moments de bonheur, mais ils étaient rares. Les premiers temps, sa fougue avait agréablement surpris la jeune femme. Puis ça s'était relâché, comme s'il considérait que c'était acquis. Il ne s'investissait plus assez dans les caresses. Il bâclait les préliminaires qu'elle attendait avec une impatience frémissante. Sans doute, durant son trop long veuvage, avait-il trop fréquenté les putes avec lesquelles il ne se gênait pas. Il avait pris l'habitude de jouir vite, égoïstement, sans se préoccuper du plaisir de l'autre. L'insatisfaction de Léa influençait son humeur et son comportement. L'idée n'effleurait pas Raymond que sa jeune épouse se détachait de lui. Le drame couvait derrière la façade d'une entente de convention. Les signes avant-coureurs échappaient à sa vigilance.

En l'occurrence, le devoir conjugal méritait bien son nom. Elle y consentait de plus en plus par obligation. Depuis qu'elle avait croisé Victor, qu'il occupait ses pensées, éveillait ses désirs, cela devenait une véritable corvée. Pourtant sa vie se déroulait dans cette direction. Elle avait accepté cette union dans laquelle, au début, elle ne voyait que des avantages. Ceux-ci demeuraient intacts. C'était le regard qu'elle portait sur eux qui avait changé.

Par chance, Raymond effectuait un de ces voyages dont il était coutumier. Il n'avait pas dit s'il allait à Marseille pour ses affaires, ou ailleurs. Il ne rentrerait pas avant une semaine. Son absence laissait à Léa le temps de faire le point et de se ressaisir. Elle prolongeait sa promenade en forêt, ne voulant pas se retrouver en tête à tête avec la grosse Fernande qui la haïssait. Léa se méfiait. Fernande ne laisserait pas passer une occasion de lui nuire. Si elle pouvait mettre la zizanie dans son ménage, la perfide n'hésiterait pas.

Maintenant, le soleil approchait du zénith. Une lumière dure tombait sur la terre. Les frondaisons ne ressemblaient plus à un vaste aquarium. Chaque élément du paysage se trouvait à sa place, cerné d'une ligne nette. La vue ne pouvait plus hésiter ni ruser avec la nature. Le charme des heures matinales avait disparu. Léa rebroussa chemin. Il fallait trois quarts d'heure pour rejoindre le mas des Terres Rouges. Elle rentrerait pour le déjeuner.

Léa marcha d'un pas tranquille pendant quelques minutes. Elle se trouvait toujours sous le couvert de la forêt. Soudain, elle se figea : une ombre se profilait derrière les arbres. Elle porta la main à sa bouche et retint un cri de frayeur.

L'ombre s'avança au milieu du chemin. Elle reconnut Victor Bardini.

20

La rencontre en forêt de Victor et Léa fut décisive. Elle cristallisa chez l'un et l'autre les sentiments naissants. Ils se sentirent happés, emportés par un tourbillon qui rendait caduque toute prudence. Aucune velléité de résistance n'en entravait le cours. L'absence de Raymond favorisait le phénomène. Les deux amants jouissaient d'une liberté provisoire qui accentuait leur inconscience et les plongeait dans l'ivresse.

Dès leur première étreinte, un festin charnel les transporta hors de leurs limites. Elle n'avait pas tardé à se concrétiser. Elle était intervenue le lendemain de cet événement qui avait fait basculer leur vie. C'était plus évident pour Léa qui venait d'établir la sienne sur des bases qu'elle croyait solides et durables. Elles se transformaient en une fumée qui, se dissipant dans l'atmosphère, révélait un immense vide à combler. Face à cet appel, elle se sentait étrangement sereine, prête à détruire ce qu'elle venait d'édifier.

Victor avait donné rendez-vous à Léa à proximité de

sa maison. Il entrerait le premier, elle le suivrait un peu plus tard, par précaution. Ils devaient se cacher pour s'aimer. Seule la clandestinité leur permettrait de continuer. La moindre indiscrétion engendrerait un drame qu'ils voulaient éviter à tout prix. Surtout Léa qui, dans cette aventure, avait plus à perdre que Victor. Un scandale détruirait son ménage. Dans son esprit, elle prenait un amant mais souhaitait tout de même épargner Raymond et sauver son couple.

Victor habitait une étroite maison de village d'un étage, avec grenier. Les communs occupaient le rez-de-chaussée. Un escalier escarpé conduisait à la chambre, sommairement meublée, qui contenait un lit ordinaire à montants métalliques, une armoire où il rangeait son linge et ses vêtements, une table de nuit pourvue d'une lampe à abat-jour de perles, une commode, un fauteuil à oreilles et une chaise paillée. Les murs étaient nus, à l'exception d'un crucifix de bois orné de rameaux d'olivier, au-dessus du lit. Rien de comparable au confort du mas des Terres Rouges.

Léa ne venait pas chercher le confort. Elle l'avait chez elle. Peu importait la modestie des lieux au regard de l'amour. Elle voulait sentir peser sur elle le corps ferme et musculeux de Victor. Elle voulait sentir ses caresses, s'ouvrir à son désir, gémir de plaisir entre ses bras.

Malgré les précautions prises, quelqu'un aperçut Léa au moment où elle entrait chez Victor : Canolive, le contremaître de la carrière Malavida. Il habitait à proximité, deux rues plus loin. Il crut avoir la berlue.

Que faisait la femme du patron chez son ouvrier ? Il flaira une histoire compromettante qui lui déplut et fit la grimace. Il aurait préféré ne rien voir.

Un dilemme s'empara de son esprit. Devait-il se taire pour éviter le scandale ou, au contraire, prévenir Sigean, à qui il était redevable ? Il avait de la sympathie voire de l'affection pour le patron, un homme d'ici, qu'il connaissait depuis toujours. Il n'appréciait guère Bardini qu'il jugeait forte tête, mauvais sujet, fauteur de troubles. Il le surveillait depuis son embauche à la carrière. Les opinions avancées qu'il professait risquaient de contaminer ses camarades de travail.

Quand Victor entendit se refermer la porte d'entrée, il lança :

— Monte !

Léa grimpa le plus vite possible l'escalier malaisé et déboucha dans la chambre, essoufflée.

— Prends ton temps, la calma Victor. Il n'y a pas le feu !

— Si !

Elle s'élança dans ses bras. Il prit ses lèvres. Un long baiser les souda. Il n'en finissait plus de fouiller sa bouche, de boire à cette source qui coulait en lui, dans ses veines, le long de ses nerfs. Léa s'accrochait à ses épaules, écrasait ses seins contre son torse. Ses jambes mollissaient. Un creux bouleversant se formait au niveau de son ventre. De là se diffusaient des courants de chaleur dont les ondes investissaient son corps. Elle fermait les yeux. Toute sa conscience, toute son énergie se concentraient sur ce point où leurs chairs se touchaient. Ils vivaient de ce contact et rien, autour d'eux, n'avait plus de sens ni d'importance.

Quand ils se séparèrent, Victor demanda :

— Personne ne t'a vue entrer ?

— Non. J'ai fait attention.

Et elle commença à se déshabiller.

La devanture de la bonneterie avait été repeinte en bleu. La vitrine aménagée mettait maintenant en valeur la marchandise. L'acquisition d'une partie de la maison mitoyenne avait permis d'augmenter la surface de la boutique et, par conséquent, de mieux accueillir la clientèle. Rien de cela n'aurait été possible sans l'apport de Raymond.

Mimi et Louis Passedègue avaient eu à cœur de ne pas le décevoir. Ils se donnaient aussi du mal en souvenir de Léa qu'ils n'oubliaient pas. Ils la chérissaient toujours comme l'enfant qu'ils n'avaient pas eu. Comme ils n'avaient aucun héritier, ils avaient arrangé leurs affaires pour qu'à leur mort leurs biens aillent à Léa. Ainsi, elle posséderait un patrimoine assurant son indépendance par rapport à Raymond.

Oh, ils ne doutaient pas de l'honnêteté et de la générosité de celui-ci. Cependant, actuellement, Léa vivait dans la dépendance de son mari. Elle ne possédait que ses vêtements, et encore, c'était Raymond qui les avait payés. En cas de divorce, la pauvrette se retrouverait sans rien, obligée de repartir de zéro. Tant qu'ils seraient de ce monde, ils ne l'abandonneraient pas. Elle pourrait compter sur eux. Mais la vie était si fragile, si imprévisible ! Nul ne savait de quoi demain serait fait.

Louis Passedègue traversait justement une de ces crises qui le brisaient. Il toussait. De violentes quintes le secouaient. Moralement, c'était aussi douloureux. Il revivait l'horreur des combats, les charges à la baïonnette, les tranchées, l'éclat dévastateur des shrapnells. Ses paupières se baissaient sur des visions insoutenables. Les images qui le hantaient allaient jaillir de ses orbites et se répandre dans un concert de hurlements et de crépitements d'armes automatiques. La puanteur des cadavres pourrissant entre les lignes, l'odeur de la glaise barattée par les balles et les obus, les mottes gluantes de sang et de déjections, l'herbe et la chair putréfiées le mettaient au seuil de la nausée.

Il semblait méditer en tirant sur sa pipe, désobéissant au médecin, qui condamnait le tabac. Il n'en était rien. Le combat se poursuivait sous son crâne. Un combat contre les souvenirs, une lutte vaine pour supprimer des pans entiers de sa mémoire. Son regard se tournait vers l'intérieur où l'assaillaient des scènes insoutenables.

— Qu'est-ce que tu as ? disait Mimi.

— Rien. C'est toujours cette saloperie.

Certaines expériences ne se partagent pas. On ne saurait les communiquer à personne. Pas même à qui les a vécues, comme Raymond. Parce que l'on est toujours seul dans ces circonstances. Chacun connaît dans sa chair, son cœur, son âme des réactions irréductibles. Il existe autant de façons de vivre l'horreur qu'il y a d'individus. La somme de tout ce que l'on peut dire à ce sujet ne vaut pas la plus infime émotion concrètement éprouvée.

Ces pensées obsédaient Louis. L'impossibilité de les confier l'accablait. Il trimballait en secret un fardeau de plus en plus lourd. Contrairement à ce qu'il avait espéré, il ne s'allégeait pas avec le temps. Il le traînerait jusqu'à son dernier souffle. Alors, mieux valait le rendre le plus tôt possible. Un matin, on le retrouverait à sa place habituelle, tombé sur le sol, dans une flaque de sang. Ses doigts tiendraient encore son revolver d'ordonnance.

C'était du roman, une idée irréalisable. Louis était trop lâche pour agir de la sorte. La mort l'avait oublié sur le champ de bataille, mais il avait toujours peur d'elle. Malgré les maux endurés, il tenait à la vie. Il faudrait que la mort vienne le chercher à domicile, qu'elle entre dans son corps pantelant et fasse son office.

Soudain, une quinte de toux plus forte que les autres le secoua. Il porta les mains à sa poitrine déchirée et se mit à cracher du sang. Il ne cria pas pour ne pas inquiéter Mimi. Une boule semblait tourner à l'intérieur de son crâne. Ses tempes battaient. Une invisible bête cognait contre l'os et voulait s'échapper. Ses yeux se voilèrent. Il perdit connaissance et tomba de son siège. Mimi, alertée, essaya de le redresser. Il était lourd. Les traits tirés de son visage, d'une pâleur mortelle, laissaient peu de doutes sur son état. Elle manda un médecin qui mit une éternité avant d'être auprès du malade. Il se pencha, l'examina minutieusement, hocha dubitativement la tête.

— Il faut l'emmener à l'hôpital, dit-il.

— C'est grave, docteur ? s'inquiéta Mimi.

— Oui.

— Il s'en sortira ?

— Je ne peux pas l'assurer.

Le diagnostic avait le mérite de l'honnêteté.

Une ambulance conduisit Louis à l'hôpital de la Conception. On le mit dans une chambre commune. Des internes et des infirmières s'affairèrent autour de lui. Ils demandèrent à Mimi d'attendre dans le couloir, de les laisser travailler. Elle sortit de la chambre. Personne ne s'occupa plus de cette femme effacée, debout, le dos appuyé au mur, sur qui les minutes s'égrenaient comme de sempiternelles gouttes de pluie.

Finalement, une infirmière s'approcha.

— Madame, il faut partir. Votre mari dort. Vous pouvez aller le voir. Après, partez.

— Va-t-il mieux ?

— Nous avons fait notre possible. Espérons qu'il passera une bonne nuit. Revenez demain.

Rentrée chez elle, elle ne reconnut plus sa maison. Elle semblait plus petite. Le silence était oppressant. Elle se sentait étrangère à ce qui constituait son quotidien depuis tant d'années. Elle voulut se faire à manger puis renonça. Elle n'avait pas faim.

Soudain, elle alla vers le téléphone.

Je dois prévenir Raymond et Léa.

Elle prit le combiné et composa le numéro.

Léa, allongée sur le dos, entièrement nue, s'appliquait à retrouver sa respiration. Elle aimait l'amour et Victor l'avait comblée. Une bienfaisante fatigue amollissait ses membres. Elle fixait Victor avec des yeux brillants chargés de reconnaissance.

— Tu m'as brisée, soupira-t-elle.

— Je n'en crois pas un mot. Tu es prête à recommencer.

Elle s'étira langoureusement.

— De grâce, pas tout de suite, minauda-t-elle.

Il embrassa son cou, ses épaules, ses seins, son ventre. Elle avait une peau soyeuse, douce et tiède. Il se disait qu'elle était faite pour l'amour et qu'elle ne pourrait jamais s'en passer. Ce serait plus fort qu'elle. Il suffisait d'une caresse pour l'embraser.

Il posa les lèvres au haut de ses cuisses. Elle le repoussa.

— Je t'en prie. Arrête.

— Pourquoi ? Ça ne te plaît pas ?

— J'ai envie d'autre chose.

— Et de quoi ?

— Prends ton accordéon. Joue pour moi.

— Maintenant ?

— Oui.

Il sortit son instrument de sa housse, s'installa sur le fauteuil.

— Quel morceau veux-tu écouter ?

— A toi de choisir. Pense à moi, à ce qui me plairait, à ce que tu voudrais me dire avec ta musique.

Il commença à jouer un air nostalgique et très doux, une mélodie insinuante. Tandis qu'il déployait et comprimait les soufflets, son pied battait la mesure et il dodelinait de la tête. Il enchaîna avec une rumba allègre, puis un tango.

Soudain, Léa sauta du lit et, toujours entièrement nue, commença à danser au milieu de la pièce. Elle épousait le rythme de tout son corps et inventait au fur et à mesure une chorégraphie lascive à laquelle sa nudité donnait une charge érotique difficilement soutenable. Elle se rejetait en arrière, dardait les seins, lançait ses jambes, sautait en les écartant, puis elle se baissait, exhibant ses fesses, son sexe, et se relevait brusquement.

Victor la regardait intensément, sans négliger un seul mouvement. Il avait la gorge sèche. Pour ne pas rompre le charme de ce moment exceptionnel, il continuait de jouer. Tout son répertoire y passait. Le temps s'était arrêté. Un réseau d'ondes les unissait plus intimement que tout à l'heure, quand ils roulaient l'un sur l'autre, dominés par l'impétuosité du désir.

A la fin, il s'arrêta. Un silence tendu succéda à la musique. Elle s'était immobilisée à quelques pas de lui. Des perles de sueur brillaient entre ses seins que soulevait sa respiration haletante.

— Pourquoi t'arrêtes-tu ?

— Tu me mets dans un état… Je n'en peux plus, Léa. Tu es diabolique.

Elle lui décocha un sourire et tendit la main.

— Alors, viens !

Elle l'attira de nouveau vers le lit.

21

Garder un secret de grande importance n'est pas chose aisée. Celui qui le détient ne cesse d'y penser. Ça tourne à l'obsession. Se taire ou le divulguer engage également la responsabilité. A tout instant, on en mesure le poids. Voilà ce que subissait le contremaître Canolive depuis qu'il avait surpris Victor et Léa. Le hasard lui avait fait un cadeau empoisonné. Il aurait préféré ne pas voir entrer madame Sigean chez Bardini.

Maintenant, il était malgré lui impliqué dans une affaire qui ne le concernait pas. Il ne pouvait effacer ce qui était imprimé dans sa mémoire. Il imaginait ce qui se déroulait derrière la porte et cette vision l'atterrait. Ses fantasmes s'infiltraient par les interstices et produisaient des scènes d'une puissante lubricité. Il ne contrôlait pas ces représentations dont il avait honte. Il ne pensait pas avoir dans son inconscient de telles horreurs.

Il avait essayé de minimiser l'importance de ce qu'il

avait vu. Il avait feint de croire à une simple démarche de Léa qui ne prêtait pas à conséquence. Ces arguments ne tenaient pas la route. Si elle retrouvait Victor chez lui, c'est qu'il était son amant. Elle n'allait pas faire une simple visite de courtoisie. Un soir, il avait patiemment attendu qu'elle sorte. Il avait regardé l'heure à sa montre. Léa était restée plus de deux heures chez Victor.

Raymond Sigean était bel et bien cocu. Sa femme le bernait sans vergogne. Canolive n'admettait pas ces écarts de conduite. Il souffrait de cette situation en songeant au moment où son employeur découvrirait son infortune. Il recevrait un coup terrible. Comment réagirait-il ?

Quand un homme est atteint dans sa passion même, quand on détruit ce qu'il a construit et qui constitue sa raison de vivre, les pires excès sont prévisibles. Sigean ne se laisserait pas déshonorer sans violence. Canolive le pratiquait depuis assez longtemps pour bien connaître son caractère. Ses colères étaient fracassantes. Quand il se mettait dans cet état, il était capable de tout. Il ne se maîtrisait plus. Mieux valait se soustraire à sa vue.

Des indices, auxquels il n'avait pas cru, revenaient à la mémoire du contremaître. Ils prenaient à présent tout leur sens, permettant de comprendre l'inconduite de la jeune femme. A la Ferviane, à Roussillon, à Vernanque, des bruits couraient sur son compte. Modeste Picone, qui s'en faisait l'écho, prétendait que l'étrangère attirerait des ennuis. Elle traînait une mauvaise réputation. Il n'y avait pas de fumée sans feu.

Canolive, qui n'avait aucune estime pour Picone et ne l'aimait guère, devait admettre à contrecœur qu'il avait vu clair. Grâce à sa perspicacité, son jugement précédait celui des honnêtes gens qui, après une courte période d'observation, avaient accepté la Marseillaise. Surtout après la cérémonie du mariage, lorsque le curé Placide avait sanctifié leurs alliances en prononçant les paroles rituelles qui cimentaient le couple pour l'éternité. Porter le nom de Sigean était un passeport suffisant.

Sigean n'était pas encore rentré d'une tournée à l'extérieur. Les amants profitaient de son absence pour se voir davantage et s'aimer à loisir. Le rôle d'espion ne plaisait pas à Canolive. De cette vile occupation ne résultait que le dégoût de soi. Le contremaître était un homme droit. Il se fit cependant un devoir de surveiller Bardini, ce qui lui était plus facile que de suivre Léa. L'un le mènerait à l'autre.

A la carrière Malavida, où Victor, malgré ses velléités d'indépendance, travaillait toujours, Canolive gardait l'œil sur lui. Il interrogea discrètement ses camarades sur son comportement. Quoique Victor ne fût guère apprécié, ils ne lâchèrent rien. Ils ne voulaient pas compromettre l'amitié de chantier en portant préjudice à l'un des leurs. Ils croyaient que les questions du contremaître concernaient le travail. Canolive comprit qu'il n'obtiendrait rien de ce côté. Si l'on découvrait la trahison de Victor, celui-ci bénéficierait même d'une sorte de gloire puisqu'il ridiculisait le patron, l'ennemi de classe. Un humble carrier sapait son autorité, lui prenait sa femme, le plongeait dans le désespoir, quelle revanche ! Tous s'en féliciteraient.

Le travail s'achevait à dix-huit heures. Une sirène annonçait la fin des activités. Les ouvriers allaient faire un brin de toilette dans une cabane équipée de robinets, où ils avaient leurs casiers. Certains changeaient de vêtements, d'autres non. Victor mettait plus de temps à sa toilette que d'ordinaire mais il se dépêchait. Il retirait sa salopette bleue, la secouait, endossait des vêtements propres. Puis il quittait le chantier, enfourchait sa bicyclette et pédalait vigoureusement en direction de Roussillon.

Canolive attendait quelques minutes avant d'emprunter la camionnette du chantier pour rentrer chez lui. Sur la route, il dépassait Victor qui ne se savait pas observé. Canolive garait la camionnette sur la place de la Fontaine, à proximité de sa maison. Puis il se cachait de façon à voir la route, en attendant l'arrivée de Victor. Peu de temps après, Léa apparaissait au tournant de la rue, cognait à la porte et entrait.

Aucun doute ne planait plus sur la nature des relations qu'entretenaient Victor et Léa.

Sigean revenait ce lundi, après dix jours d'absence. Canolive, perplexe, incapable de garder pour lui son secret, décida d'en parler à sa femme pour avoir son avis, en lui interdisant de diffuser l'information auprès de ses amies. C'était faire preuve d'une grande naïveté et ignorer le caractère féminin.

— Qu'est-ce que tu trafiques, Léa ? dit Fernande en coulant un regard suspicieux. Tu rentres tous les soirs à des heures impossibles.

— Cela ne te regarde pas. Laisse-moi vivre.

— Tu ne mets pratiquement plus les pieds au bureau.

— C'est mon affaire. Je n'ai pas de comptes à te rendre.

— C'est vrai. Mais tu en as à rendre à Raymond.

— Raymond a confiance en moi. Il m'aime trop pour me persécuter avec des questions.

— Profites-en, il ne sera pas toujours aveugle.

Léa perçut une sourde menace. Elle persifla :

— Je sais combien je peux me fier à ton amitié. Tu feras tout ton possible pour l'aider. Tu voudrais me voir morte, hein ?

— Ce serait une bonne recrue pour l'enfer.

— Tu n'auras pas ce plaisir.

— Qui sait ?

La grosse Fernande mettrait Raymond au courant de la conduite de sa femme dès son retour. Dans deux jours, il serait là. Fernande jubilait à l'idée de nuire à cette usurpatrice de Léa. Elle n'envisageait pas que le drame qu'elle allait déclencher aurait des conséquences néfastes sur sa propre vie.

Le lendemain de cette altercation lui réserva une

agréable surprise. Elle devait aller chez Modeste Picone. Elle le consultait maintenant plusieurs fois par semaine. Son âme damnée attisait son ressentiment et servait sa cause avec un zèle intéressé. Elle croyait qu'il travaillait pour elle alors qu'il travaillait pour lui. Elle n'était pas assez fine pour voir clair dans son jeu.

Modeste habitait une petite maison isolée en contrebas du village. Une sorte de cube jaune entouré d'un jardin que des grilles protégeaient de la rue. A l'intérieur régnait un capharnaüm composé de vieux meubles du siècle dernier, sombres et tarabiscotés, d'objets bizarres dont on ignorait l'usage, de gravures symboliques, d'animaux naturalisés. Sur des étagères s'alignaient des bocaux aux contenus mystérieux. Le cadre dans lequel il vivait accréditait la réputation de suppôt de Satan qui s'accrochait au propriétaire des lieux. Du rebouteux et de l'herboriste au sorcier, il n'y avait qu'un pas. Comme il transgressait les lois de la médecine, il transgressait celles de la morale.

— Alors, s'enquit Modeste, as-tu du nouveau ?

— Elle a toutes les audaces. C'est tout juste si elle ne découche pas, cette garce.

— Nous allons la coincer.

— J'ai hâte qu'elle débarrasse le plancher. Je ne la supporte plus. Raymond n'aurait jamais dû faire entrer cette fille dans sa maison. Elle n'apporte que du malheur.

— Elle va payer. J'ai du nouveau.

— Je te trouve bien sûr de toi, Modeste.

— J'ai mes raisons.

— Ah ! Ne me donne pas de fausses joies, ou je t'arrache les yeux !

Modeste se frotta les mains, l'air satisfait.

— La donzelle a un amant. Je sais qui c'est. Je sais quand et où ils se retrouvent.

— Tu es certain de ce que tu avances ?

— J'ai des preuves.

— Nous la tenons !

— Elle va tomber de haut. Nous lui briserons les reins.

La grosse Fernande se rembrunit.

— D'où tiens-tu ces renseignements ? s'inquiéta-t-elle.

— De première main. J'ai vérifié personnellement.

— J'ai hâte que Raymond soit là.

— Il t'appartient de le mettre au courant. N'en fais pas trop. Agis avec délicatesse, subtilité. Il serait vain qu'il casse la baraque. Nous ne poursuivons qu'un seul but : le renvoi de Léa.

La grosse Fernande, obnubilée par la haine, ne s'apercevait pas que Modeste la manipulait. Contrairement à ses affirmations, ils n'avaient pas le même objectif. Fernande voulait expulser Léa mais elle ne reniait pas son attachement à Raymond. Elle continuait à le respecter, à avoir de l'affection et du dévouement pour lui. Son espoir était que la vie aux Terres Rouges redevienne comme avant. Une fois Léa éliminée, elle serait satisfaite.

Elle ignorait les ressorts qui faisaient agir son allié. Ils n'en avaient jamais parlé. D'ailleurs, à Roussillon et aux alentours, personne ne se doutait que Modeste était le fils non reconnu de Joseph Sigean. Nul ne soupçonnait que, jadis, il y avait eu une histoire entre Sabine et le vieux Joseph. La dette que ce grigou n'avait jamais payée, son fils Raymond la réglerait à sa place, avec les intérêts. Modeste y veillait.

Pour lui, Léa n'était qu'un pion sur l'échiquier. Il ne nourrissait aucun grief contre elle, n'éprouvait pas d'animosité. Il se moquait de ses aventures amoureuses et de ce qu'il adviendrait d'elle après le scandale. Cela ne le concernait pas. Elle se trouvait simplement au mauvais endroit au mauvais moment. Elle lui fournissait le moyen de détruire son demi-frère. Pour la première fois, il disposait d'armes efficaces. L'heure de la vengeance sonnait. Et le son était délicieux à ses oreilles.

22

Deux mauvaises nouvelles attendaient Raymond à son retour. La grosse Fernande était détentrice des deux. La première concernait l'hospitalisation de Louis Passedègue dans un état très préoccupant. Le médecin émettait des réserves sur ses chances de survie. Fernande avait reçu le coup de téléphone de Mimi et promis d'en informer Raymond dès que possible. Mais, sachant quels liens unissaient Léa aux Passedègue, elle s'était abstenue de lui en parler. En l'empêchant de réagir dans une circonstance aussi grave, elle soulignait l'insouciance et la sécheresse de cœur de la jeune femme. De quoi saper son crédit chez ses anciens bienfaiteurs. Un deuxième appel téléphonique avait été encore plus alarmant. Mimi, entre deux sanglots, annonçait que Louis était dans le coma.

La seconde nouvelle, plus difficile à dire, était la trahison de Léa. Mise au pied du mur, la grosse Fernande hésitait. Elle aimait son patron et savait le mal qu'elle allait lui faire en révélant son infortune conjugale. Elle ne pouvait atténuer l'importance des faits pour le ménager. Modeste n'avait-il pas recommandé de frapper un grand coup ? Il fallait dévoiler brusquement la réalité pour lui ouvrir les yeux.

Raymond était assis dans son bureau lorsqu'elle l'entreprit. Elle avait attendu que Léa sorte se promener dans le bois comme à l'accoutumée. La jeune femme avait accueilli son époux avec un naturel déconcertant. Elle se montrait heureuse de son retour, l'entourait de caresses et de tendres paroles.

Quelle hypocrite ! se disait Fernande, révoltée par l'attitude de Léa. Quel aplomb ! Feindre de cette façon relevait du grand art. Raymond, qui n'était encore au courant de rien, se laissait bichonner béatement. Il savourait la chaleur du foyer, la présence de cette femme aimante qu'il chérissait.

Sans doute avaient-ils fait l'amour pendant la nuit. Léa était capable de tout, même de simuler le plaisir dans les bras de son mari pour donner le change. Elle s'accommoderait volontiers d'une double vie, avec une cloison étanche entre son amant et son époux. On ne lui en laisserait pas le loisir.

Au matin, Fernande avait en quelques phrases bien senties dévoilé l'abîme dissimulé sous les pieds de Raymond. Il l'écouta, atterré. Quand elle eut terminé, son visage était livide. Il ne posa pas de questions. Il dit simplement :

— Laisse-moi seul.

Fernande sortit, ferma la porte du bureau derrière elle.

La réaction de Raymond, ou plutôt son absence de réaction, l'étonnait. Elle s'attendait à des manifestations de fureur, des accès de violence. Au lieu de cela, il se taisait et s'enfermait dans son bureau. Elle tendait l'oreille pour interpréter les bruits qui lui parviendraient éventuellement. Mais elle se heurtait à un silence total, pesant. A se demander si Raymond respirait.

Il resta enfermé jusqu'au soir. A midi, Fernande essaya d'apporter le déjeuner. Il ne répondit pas. Léa, qui venait de rentrer de sa promenade, prit le plateau.

— Je m'en occupe, dit-elle.

Elle frappa à la porte du bureau, essaya de tourner la poignée. C'était fermé de l'intérieur.

— Ouvre ! fit-elle. C'est moi.

— Qu'on ne me dérange pas ! répondit-il d'une voix forte.

— Il faut que tu manges, insista Léa. Fernande a préparé un sauté de veau à la sauge.

— Je n'ai pas faim.

— Que se passe-t-il ?

— Rien d'important. J'ai à faire. Ne t'inquiète pas.

Trois heures s'écoulèrent avant qu'il daigne sortir.

— Ah, te voilà enfin ! s'exclama Léa.

Il prit sa veste, son chapeau.

— Où vas-tu ?

— Je sors.

— Maintenant ? A cette heure tardive ?

— J'ai une affaire urgente à régler.

Léa, stupéfaite, le regarda partir. Son comportement

étrange ne provoquait pourtant pas son inquiétude. Elle ne soupçonnait pas qu'il pût être au courant de sa liaison avec Victor. Ils s'étaient entourés de précautions. Qui l'aurait alerté ? Personne ne les avait surpris. De plus, Raymond lui accordait sa confiance et n'était pas jaloux. Depuis le début de leur vie commune, pas une scène ne les avait opposés sur ce chapitre. Elle en conclut que Raymond avait des problèmes à résoudre pour ses affaires. Dans ce cas, étant donné les responsabilités qu'elle assumait, pourquoi ne la tenait-il pas informée ?

Mimi Passedègue décrocha le combiné.

— Ah ! Raymond, enfin, c'est toi !

— Excuse-moi. Je n'ai pas pu téléphoner plus tôt. J'étais en déplacement. Je n'ai appris qu'aujourd'hui l'hospitalisation de Louis. Comment va-t-il ?

— Mal. Il est toujours dans le coma.

— Que disent les médecins ?

— Ils ne se prononcent pas. Ils sont pessimistes et, en même temps, ils nous laissent une lueur d'espoir.

— Il s'en tirera, Mimi. C'est un dur à cuire. Il a déjà traversé beaucoup d'épreuves sans y laisser sa peau.

— A l'époque, il était jeune, soupira Mimi.

— Nous l'étions tous. Ne laissons pas ces souvenirs nous empoisonner la vie. Dès que j'ai un moment, je descends à Marseille lui rendre visite.

— Ne tarde pas trop si tu veux le voir vivant.

— Promis. Je fais mon possible. Courage, Mimi, courage !

Du courage, il lui en fallait aussi beaucoup pour surmonter l'épreuve qui le frappait. Il venait de faire un gros effort pour dissimuler son désarroi. Il ne voulait pas ajouter le sien à celui de Mimi. Elle avait assez de souci avec Louis pour qu'il s'abstienne de l'importuner avec ses déboires conjugaux.

Il se rendit devant la maison de Victor Bardini. La nuit commençait à tomber. Une lumière brillait au premier étage. La rue était déserte. Il demeura longtemps à l'observer tandis que des idées folles s'agitaient dans sa tête. C'était comme s'il tirait de cette façade un surplus d'énergie. Elle émettait des rayonnements qu'il captait. Elle s'exprimait à travers le silence. Ce n'était pas un simple bâtiment de pierre mais une construction d'âme, de chair et d'esprit qui lui confiait ses secrets. Elle paraissait solide et close sur elle-même alors que sa fluidité passait à travers les pores de la matière pour se communiquer à Raymond.

Immobile à l'angle de la rue, à demi dissimulé sous une porte cochère, insensible à l'écoulement du temps, il levait quelquefois la face vers le ciel sans étoiles et des larmes humectaient ses yeux. Quand enfin il quitta son poste d'observation, sa décision était prise, sa détermination inébranlable. Le destin avait mis en branle sa roue. Elle les écraserait tous.

Ce soir-là, il voulut prendre une chambre à l'auberge pour ne pas coucher chez lui. Le contact de Léa le révulserait. Puis il se ravisa. Il devait rentrer comme si de rien n'était, afin de ne pas alerter sa femme ni Fernande qu'il remerciait et maudissait à la fois pour lui avoir ouvert les yeux. Il ne réussirait que si la surprise était totale.

Fernande s'empressa d'aller chez Modeste Picone raconter les événements de la veille. Elle décrivit le comportement bizarre de Raymond. Il encaissait sans broncher.

— Je croyais qu'il se mettrait en colère, qu'il proférerait des injures à l'encontre de Léa, qu'il la giflerait. Je ne comprends pas sa passivité. Il n'a rien fait de tel.

Modeste se frotta les mains.

— C'est plus dangereux que s'il éclatait.

— A ton avis, que va-t-il faire ?

— Se venger, pardi ! Raymond prépare son coup. Il sera terrible.

— Cette garce de Léa ne s'en remettra pas. Tant mieux ! Qu'elle débarrasse le plancher et qu'on ne la revoie plus. Qu'elle reparte comme elle est venue, sans rien.

— Si ce n'est que cela, ce sera un moindre mal, dit Modeste, sibyllin.

Il pressentait une catastrophe, un véritable séisme qui bouleverserait la population. Il travaillait depuis des années à cet objectif. Il espérait un beau crime, fruit de son art, dont Raymond, poursuivant sans le savoir sa propre perte, serait l'agent aveugle et sourd. Cela, la grosse Fernande ne devait pas s'en douter.

Elle était très attachée à son maître et ne voulait pas sa perte. Elle voulait châtier et expulser Léa. Si elle pénétrait les manigances de Modeste, elle cesserait d'être son alliée et entraverait le cours du destin.

— J'ai encore un renseignement à communiquer à Raymond, dit Picone. Il est bon qu'il s'explique avec son rival, d'homme à homme. Je sais où il peut trouver Victor ailleurs qu'à la carrière ou dans un bistrot.

— L'entrevue peut dégénérer.

Il la regarda froidement.

— C'est un risque à courir.

— Où peut-il le rencontrer ?

— Au bassin de décantation. Il y retourne souvent en fin de journée. Il fait évacuer l'eau et vérifie l'épaisseur de l'ocre. Il aime bien cet endroit. A ce moment-là, il y est seul. Les ouvriers sont partis. Même Canolive. Ils s'expliqueront sans témoins. C'est préférable. Dans ces sortes d'affaires, moins on fait de bruit, mieux on se porte.

— Je vais lui rapporter tes propos.

— Surtout, ne parle pas de moi.

— Tu me prends pour une idiote ?

Epilogue

Raymond consulta sa montre. Il était l'heure. Il se sentait étonnamment calme. Il allait faire ce qu'il avait décidé de faire. Il ne pouvait pas reculer. Il y allait de son honneur.

Il prit son fusil à deux coups, glissa des chevrotines à l'intérieur. Pour plus de sécurité, il en mit une poignée dans la poche de sa veste de chasse. Avec ça, il était paré pour le gros gibier.

Des bruits de casseroles provenaient de la cuisine où s'affairait Fernande. Elle préparait le repas du soir. Quand elle était devant ses fourneaux, elle n'en bougeait pas. De ce côté-là, il était tranquille.

Léa travaillait dans son bureau. Elle avait laissé la porte entrouverte. Il la voyait penchée sur des dossiers.

Comment peut-elle être aussi sereine en ayant un tel poids sur la conscience ? se demanda-t-il. Il n'avait pas entamé de discussion avec elle. Pour se taire, il avait dû faire un effort considérable. Quand elle levait vers lui des yeux de sainte-nitouche, il réprimait l'envie de bondir et de serrer sa gorge.

Il sortit discrètement et prit le chemin des bassins de décantation. Il marchait d'un pas rapide et décidé, sans regarder ni d'un côté ni de l'autre. Une idée fixe le guidait. Il repassait dans sa tête les gestes à accomplir. Tout s'enchaînait parfaitement. Il n'avait pas peur, il ne tremblerait pas.

La pensée lui vint du seigneur Raymond d'Avignon, de l'ardente et belle Sirmonde qui le trompait avec son troubadour Guillaume de Cabestang. Raymond vivait une histoire semblable. Il comprenait maintenant la cruauté de sa vengeance. Les mœurs de l'époque l'imposaient. Les temps étaient devenus plus cléments, plus policés. Mais la civilisation se réduisait à une mince couche de vernis. La jalousie ne changeait pas. La même rage aveugle soulevait qui l'éprouvait et le poussait aux pires extrémités.

Raymond en convenait. Mais il avait des idées de supplice et de carnage. Il était incapable de pardonner. Il n'aurait aucune pitié pour les coupables.

Il arriva aux bassins de décantation, observa les lieux. Il aperçut une silhouette près de la porte de vidange et reconnut celui qu'il cherchait. Il était trop loin. Raymond se rapprocha. Quand il fut à une vingtaine de mètres, il épaula son fusil.

— Victor ! lança-t-il.

Victor se redressa brusquement et se retrouva face au canon pointé sur lui.

— Non ! hurla-t-il.

Avant qu'il ait eu le temps de tourner les talons et de fuir, Raymond pressa la détente. Deux détonations retentirent. Victor, atteint en pleine poitrine, s'écroula.

Raymond rechargea son fusil. Puis il se pencha vers le corps pour vérifier si les coups avaient été mortels. C'était le cas.

Il arracha un pan de chemise sanguinolent et l'emporta comme un trophée.

— Tu es rentré, chéri ? lança gaiement Léa.

La vision coupa net son élan. Elle se rembrunit. Elle vit le fusil, le regard farouche de son mari, son visage dur.

— Qu'as-tu fait ? demanda-t-elle d'une voix blanche.

Son cœur battait. Ses jambes tremblantes ne la soutenaient plus.

— Qu'est-ce que tu as fait ? répéta-t-elle.

Il répondit d'une voix métallique :

— J'ai vengé mon honneur dans le sang.

Il brandit son trophée et, avec un ricanement terrible, il le jeta aux pieds de sa femme. Elle le regarda, les yeux écarquillés, et poussa un cri.

— Tu reconnais ça, hein ? C'est la chemise de Victor, c'est le sang de ton amant.

— Tu l'as tué... Tu l'as tué... fit-elle, hagarde, sans quitter des yeux l'horrible morceau de tissu.

Puis elle fonça vers la porte, se mit à courir dans la

nuit en direction des falaises d'ocre. Elle allait comme une démente, les cheveux en désordre, des larmes plein les yeux. Elle suffoquait. Elle ne pouvait plus vivre. Elle avait tout perdu.

Elle arriva au bord de la falaise. La corniche de pierre surplombait un océan d'obscurité. Elle s'élancerait et elle s'écraserait sur les rochers plus de cent mètres plus bas. Tout finirait là, au fond du trou empli de nuit.

Elle se balançait sans se décider à sauter dans le vide. Une force la retenait au bord du précipice. Elle voulait s'élancer mais son corps pétrifié ne répondait pas à ses injonctions. L'instinct vital la protégeait d'elle-même.

Quand elle comprit qu'elle ne se suiciderait pas, que c'était trop dur, que la vie était la plus forte, elle s'assit sur le sol et fondit en larmes.

Raymond n'avait pas pris la peine de cacher le corps de sa victime. Les ouvriers le découvrirent le lendemain. Ils alertèrent les gendarmes, qui se déplacèrent aussitôt et procédèrent aux premières constatations. Le corps de Victor fut confié au médecin légiste. Mais on connaissait déjà la cause de la mort et l'arme qui l'avait donnée.

L'enquête fut simple et rapide. Ils remontèrent la piste jusqu'à Raymond Sigean qui les attendait chez lui, prostré. Ce qu'il adviendrait à présent ne le concernait plus. Il avoua son crime. Il ne regrettait pas son geste.

Le juge le plaça en détention provisoire. Il demeura plusieurs mois en prison, le temps de l'instruction et de la préparation du procès. Ces différentes démarches ne le touchaient pas. Il répondait docilement à toutes les questions, résigné, absent. Le juge d'instruction était un petit homme chauve à lunettes qui se montrait compréhensif. Il ne bousculait pas son client.

Les juges, considérant qu'il s'agissait d'un crime passionnel, lui accordèrent les circonstances atténuantes. Dans les cours d'assises, l'amour, sans être une excuse, atténue toujours la peine. Il sauva donc sa tête. Mais la sentence le condamna à la réclusion à perpétuité.

De temps en temps, Raymond songeait à Léa. Il serrait les barreaux de sa cellule, et se disait qu'il aurait dû la tuer aussi.

PRODUCTION JEANNINE BALLAND
Romans « Terres de France »

Jean Anglade
Un parrain de cendre
Le Jardin de Mercure
Y a pas d'bon Dieu
La Soupe à la fourchette
Un lit d'aubépine
La Maîtresse au piquet
Le Saintier
Le Grillon vert
La Fille aux orages
Un souper de neige
Les Puysatiers
Dans le secret des roseaux
La Rose et le Lilas
Avec le temps…
L'Ecureuil des vignes
Une étrange entreprise
Sylvie Anne
Mélie de Sept-Vents
Le Secret des chênes
La Couze
Ciel d'orage sur Donzenac
La Maîtresse du corroyeur
Un horloger bien tranquille
Jean-Jacques Antier
Autant en apporte la mer
Marie-Paul Armand
La Poussière des corons
Le Vent de la haine
Le Pain rouge
La Courée
tome I *La Courée*
tome II *Louise*
tome III *Benoît*
La Maîtresse d'école
La Cense aux alouettes
Nouvelles du Nord
L'Enfance perdue
Un bouquet de dentelle
Au bonheur du matin
Le Cri du héron
Victor Bastien
Retour au Letsing
Henriette Bernier
L'Enfant de l'autre
L'Or blanc des pâturages
L'Enfant de la dernière chance
Françoise Bourdon
La Forge au Loup
La Cour aux paons
Le Bois de lune
Le Maître ardoisier
Les Tisserands de la Licorne
Le Vent de l'aube
Patrick Breuzé
Le Silence des glaces
La Grande Avalanche
Nathalie de Broc
Le Patriarche du Bélon
La Dame des Forges
Annie Bruel
La Colline des contrebandiers
Le Mas des oliviers
Les Géants de pierre
Marie-Marseille
Jean du Casteloun
Les Amants de Malpasset
Michel Caffier
Le Hameau des mirabelliers
La Péniche Saint-Nicolas
Les Enfants du Flot
La Berline du roi Stanislas
La Plume d'or du drapier
Jean-Pierre Chabrol
La Banquise
Claire Chazal
L'Institutrice
Alice Collignon
Un parfum de cuir
Didier Cornaille
Les Labours d'hiver
Les Terres abandonnées
La Croix de Fourche
Etrangers à la terre
L'Héritage de Ludovic Grollier
L'Alambic

Georges Coulonges
Les Terres gelées
La Fête des écoles
La Madelon de l'an 40
L'Enfant sous les étoiles
Les Flammes de la Liberté
Ma communale avait raison
Les blés deviennent paille
L'Eté du grand bonheur
Des amants de porcelaine
Le Pays des tomates plates
La Terre et le Moulin
Les Sabots de Paris
Les Sabots d'Angèle
La Liberté sur la montagne
Les Boulets rouges de la Commune
Yves Courrière
Les Aubarède
Anne Courtillé
Les Dames de Clermont
Florine
Dieu le veult
Les Messieurs de Clermont
L'Arbre des dames
Le Secret du chat-huant
L'Orfèvre de Saint-Séverin
Paul Couturiau
En passant par la Lorraine
Annie Degroote
La Kermesse du diable
Le Cœur en Flandre
L'Oubliée de Salperwick
Les Filles du Houtland
Le Moulin de la Dérobade
Les Silences du maître drapier
Le Colporteur d'étoiles
La Splendeur des Vaneyck
Les Amants de la petite reine
Alain Dubos
Les Seigneurs de la haute lande
La Palombe noire
La Sève et la Cendre
Le Secret du docteur Lescat
Marie-Bernadette Dupuy
L'Orpheline du bois des Loups
Les Enfants du Pas du Loup
La Demoiselle des Bories
Elise Fischer
Trois Reines pour une couronne
Les Alliances de cristal
Mystérieuse Manon
Le Soleil des mineurs
Laurence Fritsch
La Faïencière de Saint-Jean
Alain Gandy
Adieu capitaine
Un sombre été à Chaluzac
L'Enigme de Ravejouls
Les Frères Delgayroux
Les Corneilles de Toulonjac
L'Affaire Combes
Les Polonaises de Cransac
Le Nœud d'anguilles
L'Agence Combes et Cie
Suicide sans préméditation
Fatale Randonnée
Gérard Georges
La Promesse d'un jour d'été
Les Bœufs de la Saint-Jean
L'Ecole en héritage
Michel Hérubel
La Maison Gelder
La Falaise bleue
Tempête sur Ouessant
Le Démon des brumes
Denis Humbert
La Malvialle
Un si joli village
La Rouvraie
La Dent du loup
L'Arbre à poules
Les Demi-Frères
La Dernière Vague
Yves Jacob
Marie sans terre
Les Anges maudits de Tourlaville
Les blés seront coupés
Hervé Jaouen
Que ma terre demeure
Au-dessous du calvaire
Les Ciels de la baie d'Audierne
Guillemette de La Borie
Les Dames de Tarnhac
Jean-Pierre Leclerc
Les Années de pierre

La Rouge Batelière
L'Eau et les jours
Les Sentinelles du printemps
Un amour naguère
Hélène Legrais
Le Destin des jumeaux Fabrègues
La Transbordeuse d'oranges
Les Herbes de la Saint-Jean
Louis-Jacques Liandier
Les Gens de Bois-sur-Lyre
Les Racines de l'espérance
Jean-Paul Malaval
Le Domaine de Rocheveyre
Les Vignerons de Chantegrêle
Jours de colère à Malpertuis
Quai des Chartrons
Les Compagnons de Maletaverne
Le Carnaval des loups
Les Césarines
Grand-mère Antonia
Une maison dans les arbres
Dominique Marny
A l'ombre des amandiers
La Rose des Vents
Et tout me parle de vous
Pascal Martin
Le Trésor du Magounia
Le Bonsaï de Brocéliande
Louis Muron
Le Chant des canuts
Henry Noullet
La Falourde
La Destalounade
Bonencontre
Le Destin de Bérengère Fayol
Le Mensonge d'Adeline
L'Evadé de Salvetat
Les Sortilèges d'Agnès d'Ayrac
Le Dernier Train de Salignac
Michel Peyramaure
Un château rose en Corrèze
Les Grandes Falaises
Frédéric Pons
Les Troupeaux du diable
Les Soleils de l'Adour
Jean Siccardi
Le Bois des Malines
Les Roses rouges de décembre
Le Bâtisseur de chapelles
Le Moulin de Siagne
Un parfum de rose
La Symphonie des loups
Bernard Simonay
La Fille de la pierre
Jean-Michel Thibaux
La Bastide blanche
Le Secret de Magali
La Fille de la garrigue
La Colère du mistral
L'Homme qui habillait les mariées
La Gasparine
L'Or des collines
Le Chanteur de sérénades
La Pénitente
Jean-Max Tixier
Le Crime des Hautes Terres
La Fiancée du santonnier
Le Maître des roseaux
Marion des salins
Brigitte Varel
Un village pourtant si tranquille
Les Yeux de Manon
Emma
L'Enfant traqué
Le Chemin de Jean
L'Enfant du Trièves
Le Déshonneur d'un père
Blessure d'enfance
Louis-Olivier Vitté
La Rivière engloutie
Colette Vlérick
La Fille du goémonier
Le Brodeur de Pont-l'Abbé
La Marée du soir
Le Blé noir

Récit « Terres de France »

Albine Novarino
George Sand ou l'Amour du Berry

Collection « Sud Lointain »

Sylvie Anne
L'Appel de la pampa
Jean-Jacques Antier
Le Rendez-vous de Marie-Galante
Marie-Galante, La Liberté ou la Mort
La Dame du Grand-Mât
Le Sixième Condamné de l'Espérance
Erwan Bergot
Les Marches vers la gloire
Sud lointain
tome I *Le Courrier de Saïgon*
tome II La Rivière des parfums
tome III Le Maître de Bao-Tan
Rendez-vous à Vera-Cruz
Mourir au Laos
Jean Bertolino
Chaman
Fura-Tena
Anne Courtillé
Le Mosaïste de Constantinople
Paul Couturiau
Le Paravent de soie rouge
Le Paravent déchiré
L'Inconnue de Saigon
Les Amants du fleuve Rouge
Le Pianiste de La Nouvelle-Orléans
Les Brumes de San Francisco
Alain Dubos
Acadie, terre promise
Retour en Acadie
La Plantation de Bois-Joli
La Baie des maudits
Elise Fischer
L'Enfant perdu des Philippines
Hubert Huertas
L'Orque de Magellan
Hervé Jaouen
L'Adieu au Connemara
Eric Le Nabour
Orages sur Calcutta
Sonia Marmen
La Vallée des larmes
La Saison des corbeaux
Dominique Marny
Du côté de Pondichéry
Les Nuits du Caire
Cap Malabata
Juliette Morillot
Les Orchidées rouges de Shanghai
Michel Peyramaure
Le Pays du Bel Espoir
Les Fleuves de Babylone
Les Tambours sauvages
Bernard Simonay
Les Tigres de Tasmanie
La Dame d'Australie
Jean-Michel Thibaux
La Fille de Panamá
Tempête sur Panamá
La Pyramide perdue
Colette Vlérick
Le Domaine du belvédère

Romans

Alain Gandy
Quand la Légion écrivait sa légende
Hubert Huertas
Nous jouerons quand même ensemble
La Passagère de la « Struma »
Denis Humbert
Un été d'illusions
Dominique Marny
Mes nuits ne sont pas les vôtres

Michel Peyramaure
Pacifique Sud
Louisiana
Le Roman de Catherine de Médicis
Jean-Michel Thibaux
Le Roman de Cléopâtre

Composition et mise en pages : FACOMPO, LISIEUX

Achevé d'imprimer sur les presses de

BUSSIÈRE
GROUPE CPI

à Saint-Amand-Montrond (Cher)
en avril 2006

N° d'édition : 7367. — N° d'impression : 061557/1.
Dépôt légal : mai 2006.

Imprimé en France